KB116369

오늘은 웃었으면 좋겠다 시바

오늘은 웃었으면 좋겠다 시바

초판 1쇄 발행 2018년 11월 2일 **초판 4쇄 발행** 2019년 8월 30일

지은이 햄햄
펴낸이 연준혁

출판 2본부 이사 이진영
출판 7분사 분사장 최유연
편집 이지은
디자인 함지현

펴낸곳 (주)위즈덤하우스 미디어그룹 **출판등록** 2000년 5월 23일 제13-1071호
주소 경기도 고양시 일산동구 정발산로 43-20 센트럴프라자 6층
전화 031)936-4000 **팩스** 031)903-3893 **홈페이지** www.wisdomhouse.co.kr

값 13,800원
ISBN 979-11-6220-949-3 03810

*이 도서의 국립중앙도서관 출판예정도서목록(CIP)은 서지정보유통지원시스템 홈페이지(http://seoji.nl.go.kr)와 국가자료공동목록시스템(http://www.nl.go.kr/kolisnet)에서 이용하실 수 있습니다.(CIP제어번호: CIP2018033769)

생각보다 큰일은
일어나지 않아

햄햄 글·그림

오늘은 웃었으면 좋겠다 시바

위즈덤하우스

난 짖지 않아, 그러나 엄살쟁이지!

등과 바짝 붙은 꼬리와 오동통한 몸통,
세모 눈썹과 꽉 눌린 모찌떡 같은 볼살.
궁둥이를 야무지게 씰룩거리는 걸음걸이.

배고프면 밥그릇을 물어 주인에게 집어 던지고
잘 걷다가도 귀찮아지면 바닥에 딱 붙어 버티는 성질머리.

시바는 좀처럼 짖지 않아 의연하고 과묵한 이미지지만
실상은 엄청난 겁쟁이라고 해.
병원에서는 주삿바늘이 몸에 닿기도 전에 비명을 질러
수의사들 사이에선 '시바 스크림shiba scream'이란 말도 있대.

이 정도면 대단한 엄살쟁이, 맞지?
근데⋯⋯ 엄살 좀 부리면 어때? 그게 시바 매력인데.

자존심도 무척 세서 주인이 불러도 못 들은 체할 때도 많고,
깔끔은 또 무지 떨어서 집 안에선 볼일도 절대 안 본다.
확실히 성가시고 섬세한 면이 있는 묘한 시바다.

본격적인 이야기에 들어가기 전에, 꼭 먼저 말하고 싶은 게 있어.
이 책의 주인공이 '시바'인 건 맞지만 '시바'가 전부는 아니야.
귀여운 시바견을 아바타로 빌려왔으나,
사실은 현실을 살아가는 당신과 나의 이야기를 해보고 싶었다.
좀 구체적으로 말하자면 시바처럼 살겠다는 다짐이기도 하고.

방귀 뀌고 싶을 땐 방귀도 북북 뀌고,
걷고 싶을 때 걷고, 눕고 싶을 때 눕는 시바처럼.
바른말 고운 말을 쓰며 예절을 지키고 살아야 한다지만,
'욕'이 절실히 하고 싶은 순간에는
시바를 부르기도 하면서 말이야.

시바가 시바답게 살듯이,
우리도 우리답게 살아보기를.

"오늘은 웃었으면 좋겠다 시바!"

차례

백수로 눈뜬 첫날 • 늘 주말이다 • 개꿈이라 다행이야 • 자꾸 깜빡한다 • 이불 덮고 자라 • 흘러가도 된다 • 오늘부터 우리는 • 시바 뜯는다, 택배 • 인생은 회전초밥 • 콘푸로스트 지수 • 채워도 채워도 • 해삼 앞에서는 모두가 평등하다 • 아니, 그거 아냐 • 고마워요, 장수말벌 씨 • 누가 나 좀 키워라 • 시바처럼 납작 • 내가 제일 안 나가 • 텄다, 텄어 • 오늘도 정의로운 백수가 되게 해주세요 • 걱정이 있어 걱정이개 • 내려놓자 내려놔 • 백수에게 아침은 없다 • 밖은 춥다 시바 • 기분이 중요해 • 다, 다행이다 • 두 번째 인생

출근 퀘스트 • 마치 그렇게 보였다 • 참 한결같다 시바 • 가끔은 좀 느렸으면 • 몰라서 하는 소리 • 일하기 싫다 • 개 같은 면접 • 가끔씩은 지름길로 • 마음이 마음대로 되면 그게 마음인가 • 어차피 다들 인생 1회 차 • 그거 다 판타지다, 시바 • 회사 다녀서 좋은 점 • 지금 만나러 갑니다 • 한마디로 설명하자면 • 아픈 건 난데 • 팀장님, 우리 팀장님 • 울면 안 돼 • 고래는 말을 끊지 않는다 • 사장님, 잠시만 • 9층 화장실 왼쪽 두 번째 칸 • 분명히 뭔가 있다 • 개미지옥 편 – 말대답 • 회사의 언어 • 아드레날린이 문제다 • 이렇게 눈치가 없다니 • 체크리스트 • 할 만하지? • 닿지 않는 포도 • 나 있어도, 나 없어도 • 나 빼고 다 퇴사 • 사실 처음은 아냐

면접 보고 오는 날이면 • 할 거면 빨리 하지 • 똑같아 보여도 • 조상님 찬스 • 연봉 에누리 • 가장 좋아하는 • 대관절 우리가 무슨 사이길래 • 워크숍이란 무엇인가 • 빨간 날 • 분명히 부릅떴는데 • 시바가 둘이라면 • 시바 연대기 1 • 시바 연대기 2 • 부처님의 자비다 • 쿨하지 못해 미안해 • 오늘따라 • 빨간 벽돌집 • 대체 뭘 믿고 이 시간에 • 반차 쓸까 • 밥 먹을 땐 개도 • 아무 말 대잔치 • 변변치 못하다, 못해 • 과장님 대리님 그리고 나 • 개처럼 벌어봤자 • 견생, 뭐 있냐 • 목요일 밤에 • 신입 받아라 • 현실판 개미와 베짱이 • 꼭 이럴 때는 나부터 • 정리해, 말아?

마지막 출근길.
늘 보던 하늘이 문득
더 푸르고 더 화창해 보였다.

"이제 시바, 내 맘대로 살겠다."

1부

좀 더 가볍게 살기로 했다

백수 첫날.
이불을 들추며 눈뜨는 순간.

어쩜 이럴까?

숨만 쉬어도 신나고,
걸어 다닐 땐 구름을 타는 기분!

좋은 일이 있다고 좋은 게 아니고
나쁜 일이 있다고 우울한 게 아니었다.

내가 나여서 좋다, 시바.

숨만 쉬어도 흥이 난다 시바,

늘 주말이다

건널목 사거리에는 다음 달부터 헬스장이 들어온대.
마침 운동이 필요했는데 어떻게 알았을까.
주말에는 기다리던 모바일 게임의 사전 예약이 시작되고
게임을 깔면 새로운 이모티콘도 받을 수 있어.
미세먼지는 내일부터 걷힌댔어.
아직 날씨가 춥긴 하지만 해가 들어오는 곳은 약간 따듯해.

아침이면 이불을 정리하고 장을 보러 마트에 갔다가
돌아오는 길에 아이스 커피를 사와.
점심으로 된장찌개를 해 먹고
조금 노닥거리다 보면
또 저녁 먹을 시간이 금방이지.

창문 너머 그림자는 옆으로 점점 길어지고
하얗던 햇빛은 노랗게, 그러다 점점 붉게 물들어.
그 풍경을 보며 시바는 이렇게 말해.

"음, 오늘 하루도 쓸데없고 좋았다."

오늘 하루다 쓸데없고 좋았다.

♫ 미세먼지 으음 ♪

맘에 들어.

개꿈이라 다행이야

마감은 코앞이고 다들 분주하다.
모니터 앞에 바싹 앉아
금주에 한 일을 기록하고, 회의를 준비하고,
금요일인 오늘만큼은 결코 야근하고 싶지 않은 마음에
머리를 감싸고 끙끙 애쓰고 있는 직원도 보여.

뭐지? 이 풍경.

난 회사를 그만뒀는데.
그만둔다고 했던 게 꿈이었나.
어렵게 정리했는데 한 번 더
말해야 하는 거야?
'이게 아닌데…….'
생각했던 그 순간 눈이 뜨였다.

"아 시바, 개꿈."

정말 끔찍했어…

자꾸 깜빡한다

때려치웠지…
나 회사
맞다.

이불 덮고 자라

어릴 때 항상 할머니가 하시던 말씀.

"이불 덮고 자라, 환절기라 바람이 차다."
"갑자기 찬물 마시지 마라, 배가 아야 한다."
"밥 먹고 눕지 마라, 그러다가 소가 언니- 한다."

세상에서 제일 지겹다고 생각했는데.
그런데 할머니뿐이었다.
다른 누구도 그런 잔소리를 해주지 않는다.
내 배 아야 할까
물 온도까지 걱정해주는 사람은
세상에 할머니뿐이었다.

우리 할머니가 그랬던 것처럼
시바도 입버릇처럼 너에게 말해주고 싶다.

"이불 덮고 자라, 환절기라 바람이 차다."

이불 차지 말고　　잘 덮고 자라 시바

좋은 꿈 꿔 다들 ♪

024

흘러가도 된다

하루 종일 침대에서 누워 보내도
아침 거르고 점심을 라면으로 때워도
주말 동안 씻지 않아도
회사에서 대충 일하는 척
모니터 구석에서 잠깐 딴짓을 해도.
인생 큰일 나지 않는다, 시바.

걱정을 할 땐 걱정이 끝이 없지만
내려놓으면 생각보다 별거 없어.

그러니까 걱정은 5분만 하자.

당기면 당기는 대로
밀면 미는 대로
남들 좋을 대로 휘둘리지 말자.

시바는 시바답게,
걷고 싶을 때 걷고
눕고 싶을 때 눕겠다.

누가 밀지 않아도 걸어야 할 때는 걸을 거야.
그것이 내가 정한 시바의 길.

잠이나 자자.
그러니깐, 걱정 말고

오늘부터 우리는

까까는 역시 누워서 먹어줘야지,
부스러기도 좀 흘려주고.
채널 돌리고 싶을 땐 발가락으로 돌려.
오래 참으면 몸에 해로우니, 방귀도 뀌고 싶을 때 뀌어!
나올 때가 됐다 싶으면 조금씩 모아서 한 번에 터뜨려.
몸에 남아 있을 틈을 주지 마. 백수 좋다는 게 뭐겠어.

오늘부터 우리는 자유다 시바.

시바 뜯는다, 택배

찌—직
부북
북—

역시 택배박스는 막 뜯어야 제맛이지.

뜯드득

인생은 회전초밥

컨베이어 벨트 위를 돌고 있는 접시들 중에서도
비싸고 귀한 검은 접시, 금 접시를 먹고 싶지만
역시나 맨날 먹던 주황색 접시만 골라 먹는다.
익숙한 초밥을 취향껏
새롭게 음미해보는 것도 나쁘지 않네.

네 생각은 어때?
지금의 접시가 맘에 들어?

콘푸로스트 지수

작업이 안 풀릴 때마다
우유에 콘푸로스트를 말아 먹는 버릇이 생겼다.
와작와작 씹으며 아무 생각 없이 먹다 보니
어느 날은 일곱 접시를 먹었더라.

콘푸로스트 접시로
스트레스 지수를 환산할 수 있다면
그날, 나의 '콘푸로스트 지수'는
'매우 높음'이었을까.

채워도 채워도

그게 다 어딜 갔냐 시바.

이틀 전에 장 본 거 같은데,

그냥 본 거다 시바.

진짜, 안 먹었어.

해삼 앞에서는 모두가 평등하다

할 일이 넘쳐나도 지금 당장 하지 않는 것이 백수의 미덕.
오늘도 백수답게 침대에 누워 텔레비전을 보고 있는데,
어부로 보이는 아저씨가
해삼을 들고 이런저런 얘기를 들려준다.
돌기가 돋고 길쭉한 생김새가 마치 속 안 좋을 때
갓 만들어낸 내 똥 같아 보이는데 비싼 거란다.

'내 돈 주고 해삼을 먹어본 적이 없어서
비싼 줄도 몰랐구나……'

아빠 미소로 해삼을 어루만지던 아저씨는
이러쿵저러쿵 썰을 풀었는데 요약해보자면 이렇다.

- 해삼은 몇 살인지, 몇 년생인지 알 수 없다.
- 해삼이 언제 죽는지는 아무도 모른다.
- 크기도 다양해서 50센티미터에서 1미터 넘는 것들도 종종 발견된다.
- 해삼은 말라 죽어도 물을 부으면 살아난다.

'뭐야, 무서워. 그럼 죽었어도 죽은 게 아니잖아……'

이 세상 생물이 아닌 것 같은 아스트랄한 설명에 경악.
지금까지 사 먹지도 않았지만 앞으로도 먹으면 안 될 애들이다 싶었다.

알면 알수록 정 떨어지는…… 해삼은 그런 케이스인 거다.
근데 싫은 건 싫은 거고 부러운 것은 부러운 것.
해삼은 첫 만남부터 호구조사에 열 올리지 않는다.
몸매나 얼굴 크기, 등신의 비율 따위를 속여보겠다고 애쓸 필요도 없다.

나이도, 노화도, 심지어 죽음도
해삼 앞에서는 모두가 평등하다.

이건 뭐 징그럽게 생긴 거 빼곤 다 가진 셈.
으.
이젠 부러워서 싫은 건지 징그러워 싫은 건지 모르겠다.
그냥 둘 다인가봐, 시바.

간만에 하늘이 깨끗하고 푸른 날. 미세먼지 앱 알림도 '최고 좋음'이 떴다. 덕분에 내 기분도 최고로 좋아져서 베란다 창을 활짝 열었는데, 엄청 큰 뭔가가 창문으로 후—웅 하고 들어왔다. 우웅우웅 모터 소리를 내며 방 안을 빙글빙글 휘젓는다.

벌이다, 그것도 장수말벌. 180센티미터 성인 남성도 잘하면 침 한 방으로 보낸다는 조폭 벌. 오늘따라 컨디션이 좋은지 붕붕붕 아주 난리가 났다.

왜, 왜 들어온 거지? 내가 방금 냉장고에서 꺼낸 커피 때문인가. 근데 벌이 커피를 좋아했던가. 딱 한 모금 마셨는데 내 입 근처로 오진 않겠지?

입술을 바싹 안으로 말고 숨을 참으며 실눈을 뜨고 있으려니, 장수말벌은 내 어깨를 붕붕 돌다 포물선을 그리며 창밖으로 나갔다. 수명이 확 준다는 말이 뭔지 알게 된 순간이었다.

고맙다, 그냥 가줘서.
네가 준 두 번째 삶은 내가 성실하고 착하게 살아볼게.

장수말벌 씨,
고마워.

누가 나 좀 키워라

누가 나 좀 키워라.
밥 잘 먹고, 대소변도 잘 가리고,
말귀도 알아듣는다.

'기다려!' 하면 기다리고
'앉아!' 하면 앉고
'놀아!' 하면 놀 자신 있다니까.

입양하는 조건?
아주 간단해.
나 대신 회사 가면 된다, 시바.

누가 나 좀 키워주개...

시
바
처
럼
납
작

매해 돌아왔던 명절 푸닥거리가 끝나고
곤죽 상태로 집에 돌아와 텔레비전을 켰다.
마침 평창 올림픽 스켈레톤 경기를 한참 방영하고 있었고,
해설자는 이렇게 말했다.

해설자 :

납작 엎드려야 합니다, 우리네 인생처럼.

앵커 :

네, 고개를 들면 안 됩니다.

내가 제일 안 나가

침대에 드러누워
휴대전화를 보는데 문자가 왔다.

[XX국민체크 님 이번 달 교통대금 6,750원입니다.
체크 결제 계좌에서 출금 예정 _ 0월 00일 기준]

날이 갈수록
집순이 레벨이 상승하는 걸 느끼고 있다.

텄다, 텄어

눈 떠 보니 해가 중천이다

찌뿌두우····

오늘도 텄다 텄어.

오늘도 정의로운 백수가 되게 해주세요

거정이 있어 거정이개

일이 잘 풀린다 싶으면
잘 풀려서 걱정.

좋은 일, 기쁜 일
지인과 나누고 싶어 말해놓고는
혹시 거만한 자랑으로 보이는 건 아닐까 걱정.

걱정이 없으면 놓친 게 있을까 걱정.
걱정이 있으면 걱정이 있어서 걱정.
땅이 꺼질까 하늘이 무너질까
걱정하는 놈이 바로 나구나, 시바.

나갈 건 더럽게 많다 시바

돈 들어올 땐 없고

내려놓자 내려놔

어버이날…

어린이날…

축의금…

집들이선물…

으응~

백수에게 아침은 없다

오전 10시

백수에게 아침은 없다.

그냥 일어난 시간이 아침이지 시바.

오전 11시

슬슬 '남들은 일을 하겠지?'라는 생각을 하며

모바일 게임에 접속한다.

피곤하긴 하지만 출석 체크는 중요하니까.

오후 12시

사람이 밥은 먹어야지. 자신을 아끼는 마음으로

백만스물두 번째 된장찌개를 끓인다.

오후 1시

졸리면 일이 안 되니 잠깐 수면 보충을 하자.

오후 3시

잠깐 자려다가 두 시간이나 잤지만 지금부터라도

뭔가 하면 되겠지.

오후 4시

작업 전에 최근 트렌드도 읽을 겸 인스타를 들어가볼까.

사람들과의 소통도 일이니까!

오후 6시

뭐 했다고 저녁…… 진짜 밥 먹고 바로 일하자.

오후 8시

진짜로 텔레비전 끈다 내가. 또 딴짓하면 사람이 아냐.

오후 10시

……집중을 돕는 음악 뭐 있지?(유튜브를 컨다)

새벽 1시

졸리면 될 것도 안 돼. 잠깐 기대자. (침대에 누워 휴대전화를 든다)

다음 날 아침 10시

백수에게 아침은 없다. 그냥 일어난 시간이 아침이지 시바.

밖은 춥다 시바

이불 밖으로 못 나오겠다
밖이 추우니깐…

7년 만의 대혹한이라는 기록적인 한파 덕분에
얼굴에 바르던 스킨도 얼고,
내 방 창문도 얼고,
머리 감고 나갔다가 머리카락도 얼고,
창문 밖에 깜박하고 내놨던 콜라도 얼었다.
있는 건 다 얼었어.
이럴 때 백수라는 게 좀 기쁘다면……

좀 얄밉냐 시바.

기분이 중요해

뭐랄까, 좀 힐링되는 기분···

곱게 갠 빨래 들을 보면

되는 일이 하나도 없다 싶을 때면 난 수건을 개.
기왕이면 눈처럼 하얀 수건이면 더 좋지.

먼저 반으로 접은 다음에
또 반으로 접어.
그리고 마음속으로 삼등분의 위치를 잡아.
그다음이 중요해.

나는 특1급 호텔의 총지배인.
내 앞에서 흐트러지는 건 용납할 수 없어.
속으로 요래 생각하면서 하나하나 접는 거야.

칼 각이 잡혀서 하얗게 빛나는 수건을 보면
적어도 하나는 내 맘대로 했다는 기분이 들거든.

기분이 중요하잖아, 기분이.
속는 셈치고 한번 해봐 시바.

다, 다행이다

텔레비전에서 겨울철 입맛 돋우는 별미로
'낙지 연포탕'이 나왔다.
전골냄비에 갖가지 채소를 화려하게 두르고
물이 끓기 시작하면,
아직 살아 있는 신선한 낙지 한 마리를
냄비 한가운데에 집어넣는다.
낙지는 몸을 꿈틀거리며 이리저리 탕국을 휘젓는다.
조금씩 붉은색을 띠는 장면이 클로즈업되고
게스트와 진행자 들은 연신 감탄과 군침을 삼켰다.

낙지를 이용한 다른 요리도 있었다.
산낙지를 너른 냄비 속에 넣고
식초를 뿌린 다음 빨래하듯이 비빈다.
낙지가 기절하면 고운 자태로 발을 뻗기 때문에
가지런히 모아 그대로 손님 접시에 나갈 수 있다.
이것을 '기절 낙지'라고 한다.

이 곱게 누운 낙지는 젓가락으로 장을 찍는 순간
살아나 온몸을 움직인다.
그때 사람들은 낙지를 먹는다.
자른 뒤에도 꿈틀대며 생명력을 피력하는 산낙지가
부담스러워 먹지 못하는 손님에겐
기절낙지는 좋은 방법이라 하겠다.
그래, 아마 맛도 좋겠지.

아주 인상 깊은 장면을 보며 난 생각했다.
'내가 낙지가 아니라 정말, 정말 다행이다.'

삶은 한 번뿐, 시간은 돌이킬 수 없다.
드라마나 영화 속에서는 자고 일어나니 열일곱이라든가,
아빠와 딸이 몸이 바뀌는 해프닝도 흔하게 일어나지만
내 인생에는 그럴듯한 드라마가 없었다.
더 예쁘고, 더 똑똑하고, 더 돈이 많았다면 좀 달랐을까?
이토록 아쉬움이 많은데도 불구하고
인생은 한 번뿐이라니.
이럴 때 딱인 노래가 있다.
내 인생이 참 별 볼 일 없다고 생각할 때마다
위로를 받았던 노래.

que sera sera 될 일은 될 거야
whatever will be will be 이루어질 일은 이뤄질 거야
The future's not ours to see 미래는 우리가 알 수 있는 게 아니란다
que sera sera 될 일은 될 거야
what will be will be 이루어질 일은 이뤄질 거야

무엇이든 되기 위해 여행을 떠나려고 한다.
그래, 될 일은 될 거야 시바.

다들 후회없이 놀아라 시바,

놀다가 오겠다

남은 연휴 동안,

2부

마음이 마음대로 되면 그게 마음인가

출근 퀘스트

나는 지금, 출근하는 게 아니다.

그냥 지하철을 타는 퀘스트를 받았을 뿐...

나는 출근하는 게 아니다. 그냥 지하철을 타는 퀘스트를 받았을 뿐이지. 아침 9시부터 저녁 6시까지. 매일 퀘스트를 받아 NPC(게임 안에서 퀘스트 등 다양한 콘텐츠를 제공하는 도우미 캐릭터)에게 가져다주고 한 달에 한 번씩 쥐꼬리 같은 보상이 떨어지는 엄청 재미없는 그런 게임……

인생도 게임 같다면 얼마나 좋을까.

망했다 싶은 지점 직전으로 돌아가서 세이브하고 다시 플레이할 수 있다면. 재미없고 괴로운 신들은 방향키로 넘기고, 빛나고 아름다운 순간 속에 멈출 수 있다면. 병원만 가도 알아서 체력 게이지가 채워지고 상점에서 물약만 사 먹어도 강해질 수 있다면.

그러나 인생은 늘 그보다 어려웠다. 혹시, 더 재밌게 해보라고 이렇게 만든 걸까? 마치 힘든 여행이 더 기억에 남고, 목마를 때 들이킨 맥주가 더 시원하듯이.

사실 난 아직 인생을 모르겠어.
네 생각은 어때?

마치 그렇게 보였다

여느 때보다 붐비지만 여느 때보다 더 조용하다.
발걸음은 서두르는데 표정에는 서두름이 없다.
검은 머리가 빼곡하게 들어찬 에스컬레이터는,
컨베이어 벨트로 달걀을 실어 나르는 양계장처럼 보였다.

순간 나도 모르게 눈을 비볐다.
우리들이 매일 알을 낳으러 가는 닭과 겹쳐 보였다.

참
한
결
같
다 시
바

밤엔 잠들기가 싫고, 아침에는 일어나기가 싫다.
8년간의 출근길이 하루도 빠짐없이 그랬다.

가끔은 좀 느렸으면

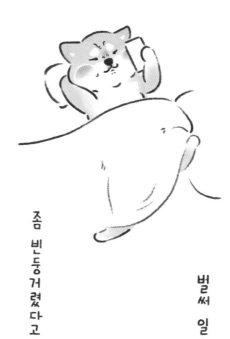

좀 빈둥거렸다고

벌써 일요일 저녁이라니…

몰라서 하는 소리

"곰탱이처럼 느려터져 가지고!"

사실 이건 맞는 비유가 아니야.
어릴 때는 어기적거리는 거 같아도
다 자란 곰은 단거리에서는 말보다 더 빠르대.

누가 너보고 곰탱이처럼 느리다고 하면
그건 너도, 곰도, 몰라서 하는 소리다 이거지.

일하기 싫다

충분히 놀다 왔더니

시발 일하기 개 싫다

진짜 싫다

개 같은 면접

"뭐가 많네요? 포트폴리오 그림, 전부 그리셨어요?"
"능력이 좋으신 건가,
참고를 잘하시는 건가 잘 모르겠네……."
"보통 외주 받으면 장당 얼마씩 해요? 그냥 좀 궁금해서."
"혹시 입사하고 바로 결혼하고 그러는 건 아니죠?"

너 없이도 행복하게 잘 지내던 백수를
굳이 회사까지 불러서 이러는 이유가 뭐냐.

시바,
지랄도 정성이라는 말이 이럴 때 쓰는 거구나.

가끔씩은 지름길로

채용할지 말지, 다닐지 말지
서로 간을 보는 3개월의 수습 기간.
내겐 서울도, 회사도, 사람들도 다 처음이었다.

천성이 겁쟁이 쫄보인 나에게 간을 본다는 그 말이
얼마나 얄팍하게 들리던지.
머릿속에서는 자꾸만 비극적인 시나리오가 그려졌다.

장기간 보증금이 묶이는 전셋집이나 원룸을
덥석 계약하면 뒷수습이 힘들 것 같았다.
게다가 수습의 월급은 80만 원. 답은 고시원이었다.

정사원이 되면 제대로 된 방을 얻겠다고 다짐하며
1.2평의 고시원에서 지냈다.
라면과 김치를 먹으며 회사를 오갔다.
고시원이 썩 내키진 않았지만 답답하기만 하진 않았다.
좁고 어두운 고시원 방이야말로
텔레비전을 보기엔 딱이었으니까.

퇴근하고 돌아오면 투니버스 채널을 켜고「짱구」를 보며

봉구스 밥버거와 콜라나 사이다로 혼밥을 하곤 했다.
어느 날 「보노보노」의 오프닝 송이 흘러나왔다.

그날그날이 너무나 따분해서
언제나 재미없는 일뿐이야 (…)
이따금은 지름길로 가고파 그럼 안 될까
고생은 싫어 그렇지만 음 어쩔 수 없지 뭐
어디론가 지름길로 가고파 그럼 안 될까
상식이란 걸 누가 정한 거야
정말로 진짜 으음 으으흠

"이따금은 지름길로~ 가고파, 그럼 안 될……."

흥얼거리며 노래를 따라 부르다 주르륵.
사이다를 들이키는데 또 주르륵 흐른다, 눈물이.
입안에 가득한 밥버거에 목이 메었다.
그날의 사이다는 소금 맛이었다.

마음이 마음대로 되면 그게 마음인가

'인생 마음먹기 나름이다'라고들 하는데,
마음도 자기 마음대로 조절할 수 있는 걸까?
'마음훈련'이라는 것도 있대.
무슨 일이든 긍정적으로 생각하는 걸 반복하다 보면
반사적으로 긍정 회로로 연결되는 일이 많아진다고.

근데 있잖아.

그렇게 훈련된 마음이 진짜 마음일까?
마음은 마음대로 안 되니까 마음인 거 아닐까?

"어디 가서 컴퓨터로 그림 그리지 마세요."

입사한 지 열흘 만에 회의실 구석에서 들은 상사의 마지막 코멘트였다. 벌써 9년 전의 해묵은 멘트이지만 지금도 귓가에 또렷하다. 저주에 가까운 대사를 던지며 냉랭한 시선으로 나를 보는 상사는 나 몰래 드라마 촬영이라도 하는 건가 싶을 정도로 완벽한 해고 장면 속 표정이었다. 허나 해고 당사자인 내가 '그들도 그럴만했다'라고 말하면 좀 이상할까?

내 전공은 '만화창작학'이다. 캠퍼스 내에 자타공인 "모든 게 만신창이여서 만.창.과"로 불렸다. 하긴, 항상 옷과 손이 잉크 범벅으로 개판이긴 했다. 잉크를 묻혀 선을 긋는 펜촉의 감각을 익히고 스크린톤을 깨끗이 잘라 붙이는 걸 배웠다. 붓펜으로 라인을 따고 교수님의 만화를 맡은 수채화로 채색하는 알바도 짬짬이 했다. 각종 만화 이론과 만화 시나리오 이론에 관련된 책들을 읽었다. 매주 수요일이면 3시간 동안 골방 같은 강의실에서 누드 크로키를 했고 별이 총총 뜬 어둑한 캠퍼스를 종종걸음으로 벗어났다. 그럴 때면 내가 봐도 스스로 좀 열심히 산다 싶어 어깨를 으쓱이기도 했다.

어릴 적 손으로 뽀득뽀득 종이를 넘기며 만화책을 보던 기억으로(침을 묻히진 않았다) 막연하게 출판 연재에 로망을 갖고 있었다. 대세가 웹툰이라는 얘기도 여기저기서 들려 왔지만 우린 별다른 대책이 없었고, 손으로 그린 몇 장의 포트폴리오로 어떻게든 되겠지 하며 느긋하게 웃으며 졸업했다.

나중에 과 대표 언니에게 들은 말로는, 학교 자체 리서치 결과 그해 졸업생의 절반이 백수였다고 한다. 물론 나도 그 50퍼센트 중 하나였다. 회사에서 일하면서도 나는 왜 고해상도로 이미지를 열어야 하는지, 왜 레이어의 개념을 알아야만 하는지, 왜 단축키를 외워야 하는지 등등 컴퓨터 작업에 대한 이해가 전혀 없었다. 그래도 눈치는 좀 있는 편이라 나름의 노력은 해봤다. 정시 퇴근을 자발적으로 반납하고 줄줄이 야근을 하는 식으로 말이다. 그런 노력에도 빛의 속도로 짤리는 운명을 극복할 수는 없었다. 회사는 학원이 아니라고 팀장은 말했다. 각자 할당된 분량을 시간 내에 해내지 못하면 모두에게 차질이 생긴다고 했다. 그래서 짤린 거다, 그래 맞다.

"어디 가서 컴퓨터로 그림 그리지 마세요. 안 맞는 거 같으니까."

팀장은 그 말만 남기고 회의실을 떠났다. 그래, 그렇구나. 잘 알겠다, 무슨 말인지. 그런데 잘리는 건 난데 왜 팀장이 더 화를 내는 걸까. 왜 헤어지는 마당에 평생 동안 솔로 신세를 면치 못할 거라고 악담하는 구 남친처럼 앙금을 만드는 걸까. 설령 업무에 딱 맞는 직원이 아니라 해도 난 그 회사의 일원이었다. 회사를 떠나는 건 피할 수 없어도 어떻게 헤어질지는 우리가 선택할 수 있었다. 이별하는 순간에 매너를 기대하는 건 사치였을까.

그곳에서 내가 더 할 수 있는 건 없었다. 그저 자리를 정리하고 조용히 짐을 싸서 나오는 수밖에. 예상 못한 악담에 상처를 입긴 했지만 기운을 내기로 했다.

"컴퓨터로 그리지 말라 하셨으니 이제부터 내 그림은 다 컴퓨터다."

동종 업계(꼭 동종 업계여야만 했다)의 공고를 검색해 지원서를 넣었다. 면접마다 컴퓨터 작업을 못 한다고 고해성사처럼 말하고 다녔다. 거짓말을 하고 싶지 않았고, 설사 거짓말로 붙어도 오래가지 않을 게 분명하니 회사의 기대치를 낮추고자 했다. 그런 내 모습이 좀 별나 보였던지, 결국 같은 직군의 라이벌 회사에 조금 더 높은 연봉으로 채용됐다. 그리고 지금도 나는 컴퓨터로 그림을 그리고 있다.

해봐도 안 되면 어쩔 수 없는 것이지만 일단 해보기로 했다. 그렇게 꾸준히 했더니 마침내 저주가 힘을 잃고 맥없이 쓰러지는 걸 느낄 수 있었다.

다들 처음은 있는 거니까.
첫술에 배부를 수는 없는 거니까.
다들 날 때부터 회사원은 아니었으니까.

너도 처음을 두려워하지 않았으면.
어차피 이번 생은 다들 처음이니.

그거다 판타지다, 시바

드라마에 나오는 막내 사원은 항상 씩씩하고 당차며 술도 잘 마신다. 매사에 항상 의욕적이고 열성이라 선배들과 팀장이 자제시켜야 할 정도. 눈동자는 반짝반짝하고 피부는 윤이 난다. 여사원이라면 단정한 포니테일에 옆으로 애교머리를 꼬고, 남사원이라면 포마드를 발라 위로 3센티미터는 세워 올린 키 높이 머리다.

메이크업도 완벽, 머리 세팅도 완벽. 직속 상사들의 커피 취향을 꿰고 있는 건 덤. 또각거리는 힐을 신고 별다방 커피를 들고 다닌다. 한 손에는 파일이 한가득이라 썸남과 부딪히면 쏟아지기 좋다.

나도 그럴 줄 알았다. 그중에 비슷한 건 손에 든 커피뿐 (별다방 커피는 아니다. 그건 너무 비싸다). 눈 밑 다크서클은 점점 진해지고, 술이 느는 만큼 숙취는 나날이 숙성되는 걸 느낀다.

드라마는 그저 드라마일 뿐. 직딩은 그냥 아침에 커피로 부활하는 네크로멘서(게임 속 지옥에서 온 사자 캐릭터)다.

그 이상, 그 이하도 아니다, 진짜로.

회사 다녀서 좋은 점

회사 다니면서 제일 좋을 때가 언제야?

솔직히!!

똥 눌 때.

뭐?

똥 싸면서도 돈을 버는 기분이야.

지금 만나러 갑니다

출근 후

"팀장님은 어디 계세요?"

"외근이에요. 점심 먹고 들어오신다고 하셨어요."

점심시간 후

"팀장님 계세요?"

"엇, 방금 커피 마신다고 나가셨는데."

1시간 후

"지금은······?"

"음······ 담배? 피우시는 거 같기도······."

팀장님아.

팀장님 진짜 어디?

출근한 건 맞지?

무슨 포켓몬 찾는 것도 아니고

하루 종일 숨바꼭질이다 시바.

한마디로 설명하자면

팀장님을 한마디로 설명하자면,

양치하고 바로 먹는 지옥의 귤 맛 같다.

"시 대리, 아직 출근 안 했어요?"

"앗, 팀장님…… 그게, 제가 지각할까봐 차도를 뛰다 차에 치였습니다……."

"……그래요? 병원에서 뭐래?"

"인대가 늘어나서 3~4일 입원해야 한다고……."

"통원은 힘드나?"

"죄송합니다……."

"어휴. 알았어요. 나중에 얘기해요."

……다친 건 난데

왜 죄송해야 되냐 시바.

머리가 땅에 닿겠다 시바.

팀장님, 우리 팀장님

아무래도 팀장님, 나한테 화가 난 거 같다.
기분 탓이라구? 아냐, 확실한 증거가 있어.

평소에 인사를 할 때마다 눈인사도 같이 했거든.
근데 오늘 아침엔 고개만 까딱하는 거야, 까딱.
전체회의가 끝나면 일어나자고
나한테 손짓했는데
오늘은 자기 혼자 짐 챙겨서 일어나는 거 있지.
회의가 끝나면 팀끼리 커피를 마시러 종종 나가는데
오늘은 커피 마시러 가자고 해도 안 일어나.

맞지?
이거 화내는 거 맞잖아.

시바. 퇴근해야 되는데…

분위기 왜 이래,

울면 안 돼

어릴 때 산타 할아버지가
그렇게 울지 말라고 한 이유를 이제 알겠어.
사회생활 하면 울고 싶을 때가 오니까
그럴 때 참으려면 내성을 기르라는 거지.

우는 아이한테는 선물을 안 준다니.

울고 있으니까 좀 달래줘도 될 텐데.

고래는 말을 끊지 않는다

일 때문에 고래에 대한 정보를 찾아 기웃대다가
이런 글을 읽었다.

- 고래는 각자의 이름을 부른다.
- 20년이 지나도 서로의 이름을 기억한다.
- 상대방의 말이 끝난 다음 자신의 말을 한다.

아, 고래가 부장님이었으면.

자신의 말을 한다고 한다.

상대방의 말이 끝난 다음,

사
장
님,
잠
시
만

일대일 소통을 좋아하는 우리 사장님이

또 카톡으로 말을 걸어왔다.

(시 대리, 잠시만)

사장실에 들어가니 모니터 각도를 틀어 내게 보여준다.

화면에는 마법 특수 효과에 휩싸인

로봇 디자인과 캐릭터들이 우글우글 모여 있었다.

"이런 거 시 대리는 5분이면 하죠? 쉽잖아."

사장님.
연봉 협상할 때도
지금처럼 과대평가 좀 해줘요.

9층 화장실 왼쪽 두 번째 칸

난 항상 9층 화장실 왼쪽 두 번째 칸에 있었지.
사무실에 있을 때도
마음은 늘 그 화장실 칸에 있었던 거 같아.

업무에 대해 뼈가 느껴지는 팀장님의
찝찝한 한마디를 들었을 때.
부장님이 오늘 저녁 자기 것도 시켜 놓으라고 했을 때.
야식으로 배달 온 짜장면이 불어 있을 때.
오늘만 야근이 아니고 내일도 야근 확정일 때.

딱히 별일이 없어도 그 두 번째 칸에 있었어.
그곳에 있으면 그냥 마음이 안정되더라고.
변기 뚜껑을 내리고 그 위에 걸터앉아 혼잣말을 했지.

"시바 집에 가고 싶다."

분명히 뭔가 있다

한참 일하는 오후 2시.
인쇄기에 걸려 덕덕덕- 거리는 종이 소리.
이따금 꼴꼴 내려오는 정수기 물 소리.
직원들이 타작하듯 두드리는 키보드 소리.
늘상 들려오는 익숙한 소음들 속에
묘한 적막감이 있다.

있다 있어.
분명히 뭔가 있어.

옆자리 동료에게 물었다.

"뭐야?"
"연봉 협상."
아하!

개미지옥 편 - 말대답

회사의 언어

오후 5시 47분, 고지가 코앞인데...

마침 잘 됐네. 시대리!!

시간 있지?

부장님한테 붙잡혔다 시바.

"시 대리, 잠깐 시간 돼?"
"네, 부장님."
"회사에 입사한 지 얼마 되지 않았으니
태도로 성의를 보여달라네."
"성의요……?"

야근하라는 말이었다.

퇴근카드를 '삑'하고 찍는 순간, 몸속 깊은 곳에서부터 아드레날린이 막 솟구치기 시작한다.

'와 안 되겠다, 이대로 집까지 달려야겠어.'

흥분을 주체하지 못한 난 회사 복도를 급식 종소리에 반응하는 고등학생처럼 우다다 달려 첫 번째로 엘리베이터를 탔다. 엘리베이터 안에서도 1층 버튼을 닳도록 두들겨댔고, 한두 정거장만 거치면 바로 역 앞에 내려주는 버스 안에서도 가만히 있을 수 없어 발을 동동 굴렀다. 그렇게 달리고 달려 신분당선 개찰구를 지나 반짝반짝 윤이 나는 계단을 향해 질주했는데. 어?

반듯해야 할 시야의 축이 기울더니 눈앞 계단들이 나를 향해 돌진했다. 순간 피해보려고 팔을 허우적댔지만 바닥을 구르는 사과 더미처럼 엉덩이로 쿵! 바닥을 찧고 미끄러지며 자빠졌다. 그 모든 건 채 2초도 걸리지 않았다. 찌르는 듯한 통증과 함께 뜨거운 불길이 발목을 휘감는 것 같았다. 그리고 발목만큼이나 얼굴도 활활 타올랐다.

"어…… 아프다, 진짜 아파!"

사람 많은 곳에서 흉하게 자빠진 부끄러움도 날려버리는 강렬한 통증에, 퇴근하는 직장인들 무리 한가운데서 외쳤다. 계단 중앙에 통로를 막고 아프다고 곡을 하고 있으니 존재감은 확실히 있었는지, 무표정으로 걸음을 재촉하던 사람들이 주춤거리며 다가와 내 어깨를 부축해주었다.

"괜찮아요? 다리 삔 거 같은데…….."
"일어설 수 있겠어요? 어깨 기대세요."
"구급대를 불러드릴까요?"

아. 아직 세상은 살 만하구나.
내게 이런 극진한 관심은 일생 처음이었다.

"괜찮습니다. 일어날 수 있어요."

말은 그렇게 했지만, 결국 사람들의 손을 꼭 붙잡고 겨우겨우 일어났다. 계단을 내딛을 때마다 공주님처럼 에스코트해주는 사람들 덕분에, 문이 빠르게 여닫히는 걸로 유명한 신분당선 열차를 무사히 타는 데 성공했다.

그날의 직딩들은 정말 친절했다. 병원에 가자고 졸졸 뒤를 따라오는 바람에 되레 내가 안심시켜 돌려보낼 정도로 내겐 과분한 보살핌이었다.

그날.

사람들이 잡아준 손은 따듯하고 힘이 있었다.

내일이면 우린 서로의 얼굴도 기억 못 하겠지.

어제도, 오늘도, 내일도

매일같이 비슷한 모습으로 신분당선을 스치듯 오가며

하루하루 살아내기도 바쁠 거다.

그래도 잊지 않으려 한다.

부드럽고 따듯하게 힘주어 잡아줬던 손을.

아프다고 징징대던 나를 걱정하던 눈빛들을.

사실 우리는 서로에게 친절할 수 있다는 것을.

이렇게 눈치가 없다니

주말 이틀간 낮밤 꼬박 끙끙 앓아누울 때는
드라마 속 시한부 여주인공 느낌이었는데!
출근 날에 맞춰 말끔하게 싹 낫다니.

평소엔 늘 비리비리했잖아.

내 몸, 이렇게 눈치가 없었나.

체크리스트

사무실 책상에 앉아 '해도 되고, 할 수 있는 것'을 세어봤다.

 주말에 회사 나오기

 야근하기

 쓰다 남은 이면지 분쇄하기

 탕비실 커피믹스 잔여분 채워놓기

 정수기 물 체크하기

뭐야, 어떻게 하고 싶은 일이 하나도 없냐.
집에 가서 빨래나 개자, 으휴.

할 만하지?

"요즘 너무 무리하는 것 같다, 좀 쉬어가며 해라."

가끔은 상사한테 이런 말을 들어보고 싶다.
대신 귀에 딱지가 붙도록 이런 말만 들었으니까.

"할 만하지?"

그렇게 할 만해 보이면 네가 좀 직접 해봐라, 시바.

닿지 않는 포도

"닿지 않는 포도는 신 것이다."

우화 속의 여우가 너무 높이 달려
먹을 수 없는 포도를 보고 했던 말.

문득 궁금해진다.

여우에게 하는 말일까.
포도에게 하는 말일까.

어쩌면 모두를 달래려고 만든 말일지도 모르겠다.
누구에게든 닿지 않는 포도는 반드시 있을 테니.

나 있어도, 나 없어도

퇴사할 땐 마음이 그렇다.
나 없으면 회사가 안 돌아갈 것 같다.
근데 잘 돌아간다.

몇 주 정도의 업무 공백이 있을 수는 있다.
단지 그것뿐.
잘 지냈던 직장 동료와 상사가 아쉬워하며 붙잡을 순 있다.
단지 그것뿐.

있던 자리 표 안 나듯, 없던 자리도 금방 메워진다.
나 있어도, 나 없어도 회사는 결국 굴러간다.

그런데 나 없으면 안 돌아가는 게 하나 있었다.
나에겐 단지 나만 있을 뿐, 단지 그것뿐.

나에겐 내가 없어선 안 됐다.

나 빼고 다 퇴사

첫 회사 다니던 시절 얘기거든, 좀 들어봐.
수습 3개월 마치고 정규직 한두 달 됐나,
출근했는데 사무실에 대리님만 계신 거야.

"대리님. 팀장님이랑 다들 어디에……?"
"어. 퇴사하신대.
그 얘기 한다고 직원들 데리고 담배 피우러 가셨어."
"아니, 왜요?"
"글쎄. 뭐 연봉 때문이 아닐까? 작년에도 동결이었으니.
어제도 사장님이랑 한판 붙으신 거 같던데."
"네에……."
"아, 근데 막내야. 사실은 나도 다음 달까지야."
"네?!"
"너도 얼른 탈출해라. 이 회사 볼 거 있냐."
"……."

나 빼고 다 퇴사라니…… 퇴사라니!
더 놀라운 건 그러고도 내가 그 회사를
3개월을 더 다녔다는 거지.
시바 내가 이러고 먹고산다.

사실 처음은 아냐

이번이 처음은 아니었다.

일을 그만두는 것이

그래서였을까.

집에 가는 버스에서 한참을 울었다.

열세 정거장 내내 펑펑...

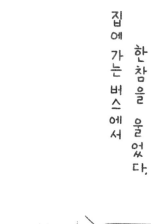

그렇게 펑펑 울며 불며…

난, 비로소 느꼈다.

애처럼 눈물콧물 흘리고 나서야

하고싶은 것을
해야 한다는 것을.

해야하는 것을
하고싶지 않다는 것을.

8년 동안 회사 몇 곳을 경험했어.
처음이 아닌 퇴사가, 그래서 더 막막했어.

가끔 그날이 어제처럼 떠오른다.
마지막 회사를 그만두고 집으로 돌아오던 날이.

늘 반복되는 고리 속에 있는 것 같은 기분,
그 고리를 끊어내는 순간 몰려오는 두려움.
집에 가는 버스에서 한참을 울었다 시바.

그렇게 울다 보니,
피고름같이 진했던 마음의 응어리들이
조금씩 조금씩 묽어지고 옅어져갔다.
애처럼 눈물콧물 빼고 나서야
비로소 난 알 수 있었다.

하고 싶은 것을 해야 한다는 것을.
해야 하는 것을 하고 싶지 않다는 것을.

3부

에누리 없는 시바 연대기

붙고 싶으면서 붙기 싫었다···

면접 보고 오는 날이면,

면접 보고 오는 날이면

할 거면 빨리 하지

뭐, 꼭 면접에 붙고 싶은 건 아닌데...

전화, 할 거면 좀 빨리 해.

으음

면접 보고 오는 날이면 붙고 싶으면서도 붙기 싫다.
면접 본다고 꼭 다 붙고 싶은 건 아니지만
어차피 전화할 거면 빨리 해줬으면 좋겠다.
떨어져도 연락 준다고 했으면 말을 지켰으면 좋겠다.

막상 당장 입사하라고 연락이 오면
출근 날을 어떻게든 미루고 싶은 건
⋯⋯나만 그런가?

아무래도 내 적성은 백수다, 시바.

똑같아 보여도

멀거니 보게 되는 것들이 있다.
찌개에 보글보글 올라오는 양념의 기포.
창문에 빗방울이 쪼록 흘러 천천히 뭉치는 모습.
가을 햇빛에 바삭하게 그을리는 낙엽도 그렇고,
비둘기들이 사람들 틈에서 횡단하는 모습도 그렇다.

똑같아 보여도 똑같지 않다.
아마 나의 오늘도 그렇겠지.

조상님 찬스

조상님이 '로또 번호'를 불러주는 꿈을 꿨다.

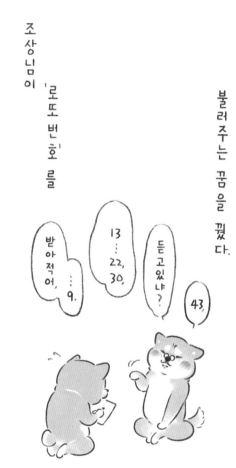

홀랑 까먹었다 시바.

근데, 일어나자마자

?!

연봉 에누리

면접이 끝나갈 때쯤 인사 담당자는
내 서류를 대강 훑으며 말했다.

"시바 씨 연봉은 이게 맥시멈인가요?"
"네?"
"아니, 이 밑으로도 혹시 생각 없으신가 해서."

이 녀석.
무슨 마트 떨이 상품도 아니고
면접에서 연봉 에누리라니.
사람도 특별 할인가가 있다고 생각하는 걸까?

가장 좋아하는

공들여 화장을 하고 머리를 세팅한다.
새벽까지 밤잠을 못 이루느라 5시간도 채 못 자
양쪽 눈이 벌겋게 충혈됐지만,
늘 그랬던 것처럼
아이라인에 마스카라까지 풀 메이크업 장착.
가장 좋아하는 운동화를 신고
가장 좋아하는 꽃무늬 원피스에
주말에 모처럼 명동에서 득템한 신상 가방을 걸친다.

그런데 말이야.
내가 좋아하는 건 다 걸치고 나왔는데
전혀 신나지 않는다 시바.

출근하자마자 집 생각나는 거,
이거 정상이지?

"시 대리, 이번 생일에 뭐 받았어?"
"밥 먹고 영화 보고 그랬어요."
"에잉. 남자친구가 선물도 안 줘?
오소리 씨는 브랜드 자전거 받았다는데, 분발 좀 해."

뭘 자꾸 분발하래.

학교 다닐 때는 등수 경쟁, 학점 경쟁,
취업할 때는 스펙 경쟁, 면접 경쟁시키더니
하다 하다 연애 선물 경쟁까지 분발해야 한다니.

작년에도 가평, 올해도 가평, 내년에도 가평 갈 거 다 아는데 워크숍 희망 장소는 도대체 왜 물어보나요. 가서 새벽 4시까지 술판만 벌이다가 돌아올 거였으면, 빔이랑 PPT 자료는 대체 왜 들고 가나요.

여직원들은 상사들 옆자리에서 묵언수행하며 술잔 채우고, 남직원들은 맥주 궤짝 옮기고 왕복 5시간 거리를 운전한다. 오후 내내 먹구름 가득하던 하늘에 소낙비가 쏟아지는데 '그냥 지나가는 비라 신경 쓸 것 없다'며 남녀 직원들에게 흙탕물이 점령한 축구장에서 공차기를 시키는 '소통'에 집착하는 사장님은 대체 무슨 생각인 걸까.

80년대 학원 청춘물 같은 '화합의 축구쇼'를 연출한 덕분에 일요일 밤 내내 눈물 콧물 흘리며 아직도 빗속에 있듯 한기에 떨고 있다.

이런 게 워크숍이라면
다 때려치워, 시바.

빨간 날

회사에서 신년식을 기념하여, 자사 로고가 박힌 새해 달
력을 직원들에게 나누어 주었다. 직원들은 다들 제자리
로 돌아가서 빨간 날을 계산했다.

분명히 부릅떴는데

그날은 너무 피곤하고 졸렸다. 한강 다리를 건너는 지하철에는 노을빛이 칸칸을 가득 채웠고, 사람들도 적당하게 옹기종기 앉아 책을 보거나 휴대전화를 보고 있었다. 의자 맨 끝 모서리에 앉아 있던 나는 몰려오는 졸음에 턱을 괴고 눈을 부릅떴다.

진짜 부릅떴다고 생각했는데…….

순간 시야가 뿌옇게 흐려지더니 눈앞에 별이 번쩍하는 느낌이 들고 검고 큰 막대기가 눈앞을 가로질렀다.

"어……?!"

내가 화들짝 놀라 팔을 허우적대자, 맞은편 아주머니와 그 옆에 앉아 있던 초등학생 아이 두 명이 똥그란 눈으로 나를 봤다. 내 주위를 둘러싼 사람들이 모두 부들거리며 웃음을 참는 게 보였다. 그제야 내 안경이 돌아가서 귀 끝에 걸려 있다는 걸 알았다.

꾸벅꾸벅 졸다가 저 혼자 놀라, 쓰고 있던 안경을 손으로 냅다 친 것이다. 검고 큰 막대기는 내 안경다리였다. 살짝 돌아간 게 아니라 안경을 옆으로 쓴 꼬라지였다. 쪽팔린 마음에 얼른 고쳐 쓰려는데 사람들이 눈에 들어왔다. 지하철 안에 피곤해 보이던 사람들이 나를 보고 웃음을 짓는다.

뭘까, 이 기분. 왜 약간 창피하면서도 뿌듯한 걸까?

그래 뭐, 너희들이 행복하면 됐다 시바.

시바가 둘이라면

가끔은 시바가 둘이었으면 좋겠어.

하난 강아지는 거지...
하난 일 시키고,
후훗.

자기 전에 맨날 하는 생각인데 들어봐.
분신술을 써서 시바가 둘이 되는 거야.

가짜 시바는 돈을 벌게 하고,
진짜 시바는 그냥 집에서 노는 거지.

그럼 가짜가 언젠가 화를 낼 거라고?
적어도 그때까지는 놀 수 있겠네.

농담 아냐.
진심으로 진심이다 시바.

시바 연대기 1

애기야, 여기 보자 ──

앞을 봐야 얼굴을 그려 주지 …

그림을 그리며 돈을 벌 수 있는 일 중에 안 해본 것이 없다.

첫 번째 회사는 캐리커처 회사였다. 벚꽃 피는 봄이면 공원에서, 번화가에서, 골프장에서, 심지어 정육점 앞에서도 캐리커처를 그렸다. 대부분은 매너 있고 다정한 손님들이었지만 개중에 몇몇 손님들은 뭐가 그리도 급한지, 내가 화장실 가는 것도 마뜩찮아 했다.

"앞에 사람들 캐리커처 할 때부터 기다렸는데 왜 내 차례 오니까 자리를 비워! 한 시간이나 기다렸는데!"

정말 당황했지만 신입인 내가 무례한 손님에게 조목조목 대답하는 것도 어려운 일이었다. 화난 손님을 아이처럼 달래며, 다시 자리에 앉아 그림을 그렸다. 또 화장실에 가고 싶어질까봐 옆에 놓인 주스 한 잔도 제대로 마시지 못했다.
어쩌면 난 다른 사람들 눈에 행복해 보였을지도 모른다. 웃으며 손님들의 얼굴을 종이에 담고 있었고, 봄 하늘빛에 물든 벚꽃은 눈처럼 아롱아롱 날리고 있었으니까.

그날을 기억한다.
나를 둘러싼 모든 것이 아름다워서 이상했던 4월의 공원.

시
바
연
대
기
2

두 번째 회사는 삽화 회사였다. 주로 학습지나 교과서에 수록되는 삽화를 외주로 받아 작업했다.

나의 노동 대가는 저렴했지만 일의 강도는 저렴하지 않았다. 그렇다, 한마디로 빡셌다. 일주일에 4~500컷의 삽화를 스케치하고, 컨펌을 기다리며 재수정을 한다. 일을 하루 단위로 쪼개면 80컷에서 100컷 분량. 1시간에 20컷 정도를 해야 수정과 펜터치를 할 수 있다. 그러려면 3분에 한 컷의 삽화가 나와야 했다.

삽화의 내용도 다양했다. 연필 한 자루일 때는 다행이었지만 초나라와 한나라가 오밤중에 배끼리 연결해서 수천 개의 불화살을 쏘며 전쟁을 치르는 적벽대전의 상황을 묘사하는 게 한 컷인 경우도 있었다. 이런 컷을 그릴 때면 내 머리에서 전쟁이 나는 것 같았다.

화장실에 다녀오는 10분이면 간단한 삽화 세 컷 정도를 쳐낼 수 있는 시간이었다. 나는 강박적으로 분, 초마다 잔여 수량과 오버된 시간을 체크했다. 이렇게 일을 한 건 나만이 아니었다. 정말, 회사에 있는 모두가 그렇게 일을 할 수밖에 없었다.

살인적인 스케줄에 놀라 입사 하루 만에 잠적하는 사람도

있었고, 큰소리 뻥뻥 치며 일을 가져가고는 전화 한 통 없이 그만두는 사람
도 흔했다. 일이 밀리면 고스란히 팀원이 나눠야 했지만 원망할 수 없었다.
그 심정이 너무나 이해됐으니까. 병을 얻어 퇴사를 한 사람도 있다고 했다.
면역체가 파괴되는 질환이 생겼다는 것이다. '도시 괴담' 뺨치는 '회사 괴
담'이라니. 사장님은 말이 없었지만 우리는 이 괴담 아닌 괴담을 믿었다.
스물두 살이 아니었다면 나도 뭔가 병을 하나 얻었겠지.

그래, 젊어서 그나마 다행이라는 게
이럴 때 쓰는 말일 거다.
난 1년 8개월의 분투 끝에 그 회사를 그만뒀다.

이제 와 생각해도 잘한 선택이었다, 정말로.

부처님의 자비다

부처님 덕분에 하루 잘 쉬었개.

내년에 또 봐요.

아. 벌써 헤어져야 한다니.
내년까지 또 한참 남았네요.

부처님, 근데 아시죠?
기왕이면 평일이 좋다는 거.

점을 뺐더니 붉은 흠이 파였다. 시간이 흐르자 살이 차오르고 연한 회색 점이 생겼다. 포기하지 않고, 재시술을 받았다. 오징어 굽는 향이 고소하게 피어났고 붉은 흠이 다시 파였다.

며칠이 지났을까. 그 자리에 또 점이 생겼다. 조금 더 크고 조금 더 연하게. '연한 건 그렇다 해도 더 커지는 건 뭐지…….' 찜찜해하던 나에게 의사는 뿌리가 깊어 여러 번 시술해야 한다고 했다. 결국 축출에 실패한 나는 그 모습 그대로 출근했다.

'볼에 뭔가 더 묻혀 왔다' '물에 적신 줄 알았다' '혹시 점을 늘리는 수술인 건가' 역시 말들이 많았다. 조금 더 창의적으로 놀리고 싶었던 선배는 나를 칠판에 그린 뒤 얼굴 위 점을 손으로 문질러 수채화처럼 표현했다. 놀리는 정성이 갸륵하여 나에게 호감이 있나 착각할 뻔했다.

아. 이 작은 흠도 이렇게나 집요하다니. 상의도 없이 방을 빼라고 하니 나라도 싫었겠다.
그래, 그동안 집착해서 미안했다 시바.

오늘따라

… 오늘 따라,

핵

끄응~

시간 안
더 간
럽 다
게 시
바.

있지, 아무래도 오늘은

일할 기분이 아냐 시바

빨간 벽돌집

오전 근무를 마치고 과장님과 점심을 먹었다. 과장님은 타고난 이야기꾼이었다. 그날도 자신의 친구와 친구의 아이와 친구가 했던 얘기를 들려줬다.

"엄마, 우리 반에 걔 있잖아. 빨간 벽돌집에 산다?"
"빨간 벽돌집이 왜?"
"아니, 아파트가 아니라고. 걔네 집 가난하다고."
"……애들이 그래?"
"어! 그래서 아파트 애들은 걔랑 안 놀아."

어릴 적에 나는 벽돌집도 아닌 30년 된 할머니의 흙집에서 살았다. 그런 나에게 빨간 벽돌집은 아파트만큼이나 오랜 로망이었다. 『아기 돼지 삼형제』에 나오지 않던가. 늑대의 바람에도 날아 가지 않고 돼지들을 지켜주던 예쁜 집은 분명히 '빨간 벽돌집'이었다. 그 '빨간 벽돌집'이 아이들에게 가난의 상징이라니. 도대체 누구의 발상에서 시작된 걸까? 아이는 어른의 거울이라던데 내 눈에는 좀, 망가진 거울이 많아 보인다.

대체 뭘 믿고 이 시간에

자정이 넘은 시간에 회사를 나와 집으로 걸어가는 길. 밤 거리에는 사람도, 심지어 차도 없었다. 난 대체 뭘 믿고 이 시간에 퇴근을 한 걸까?

아직 신입이었던 나는, 눈앞의 산더미 같은 일감에 온 신경을 뺏긴 나머지 위험한 밤에 길거리를 걷고 있었다. 밤 안개가 자욱하게 내린 고요한 거리. 새삼 느껴지는 적막과 두려움을 이겨내려 이어폰을 끼고 오아시스의 노래를 들었다.「Wonder wall」을 듣고 있자니 꼭 영국의 어느 골목을 걷는 것 같았다(물론 영국에는 가본 적이 없다. 느낌이 그렇다고).

범죄 스릴러 드라마에서는 꼭 첫 번째 신으로 이런 후미진 곳에서 트렌치코트를 입은 금발의 여성이 납치되던데. 그래, 나는 금발이 아니고 여긴 한국이니까 괜찮겠지. 애써 스스로를 달래며 서둘러 걸었다.

집까지 15분 거리. 그 거리가 영겁처럼 느껴졌다.
다시는 이런 바보 같은 짓 하지 말아야지.
다짐, 또 다짐하며 걸었던
그날 새벽의 골목이 어제처럼 선명하다.

반차 쓸까

음.
어차피 늦었는데,
그냥 반차 쓸까…

밥 먹을 땐 개도

밥 먹을 땐 개도 안 건드린다···

아무 말 대잔치

기획안을 작성하다…
부장한테 보고할

고객의 니즈를
자극하는…

트렌드에
민감한ㅡ

의미 없다.

다 개소리…

변변치 못하다, 못해

오늘은 날이 아닌가…

좋다, 내일 다시 오지.

자랑할 게 쾌변밖에 없던 나인데
직딩이 되니 장운동이 영 변변치 못하다.

만성화된 수면 부족과 커피 중독,
아침 공복에 점심과 저녁 폭식하기.
물 적게 마시고 술 많이 마시기 등등.

온갖 나쁜 생활 습관으로 이 몸은
헬리코박터 박사님의 요거트 없이는 업무 마비 상태.

먹은 것 없이도 먹은 것마냥 배가 불룩하다.
아니, 이 안에 든 게 다 똥이라니.

다 먹고살자고 일하는 건데
인생 참, 변변치 못하다 시바.

탕비실에서 어깨너머로 보고 들은 회사 내 '출산 휴가의 역사'는 격동의 근현대사 못지않다.

첫 출산 휴가를 받은 재직 13년 차 과장님.
이전에는 출산 및 육아 휴직에 대한 별다른 사내 규정이나 전례가 없었기에, 과장님은 휴직 없이 만삭 때까지 포화 상태의 근무 일정을 소화하며 무리를 하다 유산을 하기도 했다.

웹디자인팀의 재직 4년 차 대리님.
임신 초기 심한 입덧으로 고생을 하던 대리님은 2주간의 무급 휴직을 하고 싶다는 얘길 꺼냈고, 부장님은 이렇게 답했다.

"유산을 하지 않는 이상 안 돼. 유산하거든 말해."

만삭의 몸으로 왕복 3시간 거리의 회사를 오가며 열 달을 버텨 출산 예정일 3, 4일 전이 되어서야 쓸 수 있는 출산 휴가는 고작 3개월. 아기가 겨우 목을 가눌 수 있는 수준의 시간. 이마저도 10년이 넘는 시간의 시행착오 끝에 주어진 '복지'였다.

"야, 막상 닥치면 결국 다 하게 돼 있어."

그래, 사람이 죽으라는 법은 없다고, 닥치면 하게 될 수도 있지.
근데 다 알면서 일을 벌일 용기가 내겐 아직 부족하다.

개처럼 벌어봤자

견생, 뭐 있냐

견생 남는 건 개털 뿐이다 시바
뭐 별거 있냐,

탈탈탈
탈탈

한 주의 끝에 성큼 다다르게 되는 목요일. 곧 다가올 주말을 생각하며 기운을 낼 법도 한데 우리 디자인팀의 분위기는 사뭇 조용했다. 금요일마다 디자인팀 '전체 회의'를 치러야 했기 때문이다. 암묵적으로 목요일은 '자율(?) 합동 야근의 날'. 각 부서 과장님과 이사님들은 야자 뺑소니를 지키는 학생주임처럼 어슬렁대며 직원들에게 집에는 왜 안 가냐며 놀리듯 물었다. 이 회의가 부담스러운 데는 다 이유가 있었다.

1. 부장님 외 각 팀의 과장님들 포함 20여 명의 디자이너가 모두 참석.
2. 대형 화면으로 팀 전원의 일주일간 작업물 검토.
3. 사원당 할당된 연간 목표 작업량과 누적 작업량 전체 공개.
4. 작업물을 한 장 한 장 넘길 때마다 돌발적으로 나오는 부장님의 평가 및 수정 코멘트.

알다시피, 으레 코멘트는 코멘트로만 끝나지 않았다. 고스란히 본 작업에 플러스알파로 추가되는 '수정 작업'이었다. 그건 다음 주에 해야 할 일이 불어난다는 얘기이며 스케줄에 지장을 줄 수밖에 없다. 수정에 할애된 시간을 양해해주는 이도 없었다. 우리는 마치 비 맞은 강아지처럼 몸을 움

초리고 화면 위 슬라이드만 쳐다봤다. 상사의 한마디에 지난 일주일과 앞으로의 일주일이 달려 있었기 때문이었다. 해당 작업물의 콘셉트가 뒤집히기라도 한다면 몇 주가 문제가 아니라 연간 할당된 '목표 수량'을 채울 수 없었다. '목표 수량'을 채우지 못하면 연봉 협상의 지표인 사원 등급 또한 강등된다. 그만큼 매주 금요일 회의는 우리에게 중요했다.

아마 부장님은 알고 있었을 것이다. 아니 모를 리가 없다. 목요일 밤 11시에 퇴근하면서도 기어드는 목소리로 인사하는 이유를. 금요일 점심시간에 모니터 앞에서 빵과 우유를 먹는 이유를. 밥을 굶는 사원에게 더는 묻지 않고 직원들이 먹을 것을 사다주는 이유를. 따지고 보면 회사가 우리에게 강제한 것은 아무것도 없었다. 단지 시스템이 우리를 초조하게 만들었을 뿐. 비교하고 경쟁하는 것이 회사를 굴리는 원동력이 될수록 우린 회사를 탈출하는 것이 지상 목표가 되었다.

막내 사원부터 사장님까지 사실은 우리 모두 알고 있었다.
마지막 날인 것처럼 버텨내도,
목요일 밤은 다시 돌아온다는 것을.

신입 받아라

귀…귀엽다, 나도 신입 때 이랬으려나.

현실판 개미와 베짱이

개미는 8년 만에 역대 최고치라는 폭염 속에서 잰걸음으로 출근했다. 사무실에 들어가 겨드랑이가 푹 젖은 채 컴퓨터를 켜고 의자에 앉으니 목이 탄다.

여지껏 물 한 모금 못 마셨구나. 땀도 식히고 숨도 돌릴 겸 탕비실 정수기로 직행하는데 의자에 익숙한 덩어리가 앉아 있었다. 개미들의 경영주 베짱이 군이 출근 시간부터 탕비실 중앙 소파에 앉아 기타를 튕기고 있다.

탕비실의 작은 창문 사이로 무대 조명 같은 햇살이 새어나와 베짱이 군의 등 뒤를 하얗게 비추는 모습이 마치 합성 같다. 뭘 그렇게 치고 있나 싶어서 들어보니, 기타 코드 중에 제일 기초라는 「로망스」.

아무리 생각해도 회사 일과는 전혀 관련이 없다, 아니 있을 리가 없지.
아주 제집 안방마냥 편안해 보였다.
하얀 민소매 차림에 형광 주황색 플립플랍이라니.

사장실이 더 크고 아름다운데 왜 하필 여기서 이러는 건지.

어쩌면 직원들이 탕비실에서 미적대지 못하게 하려는 큰 그림일지도. 아님 아무 생각 없거나.

다만 베짱이 군의 뽀송한 겨드랑이와 맨발의 플립플롭을 보고 있자니 지금까지 푹 젖어 있는 내 겨드랑이에게 미안한 생각이 들었다. 이번 생에 개발바닥 땀나게 고생시킨 걸 갚으려면 다음 생엔 경영주나 건물주로 태어나게 해줘야 수지가 맞지 싶다.

살금살금 물을 마시고 자리로 돌아가면서
안 들릴 만큼 작은 소리로 중얼거렸다.

역시 싫다, 베짱이 같은 놈들은.

"뭐, 맨날 나만 돈 내는 것 같네. 위로금인지 나발인지 없애라, 좀."

퇴사하는 사람에게 전 직원이 위로금을 걷어 전달하는 '퇴사 위로금' 제도가 있는 회사를 다닐 때였다. 돈을 걷을 때마다 본부장이 버릇처럼 하던 소리였다. 어차피 내야 할 돈. 한 번이라도 기분 좋게 내면 어디가 덧나기라도 하는 건지. 공연히 돈을 모으는 사람도, 그 돈을 받아야 하는 사람도 민망하게 만드는 재주가 있었다.

"13년이야, 13년. 그동안 내가 뱉은 돈이면 차도 바꿀 수 있겠다, 안 그래?"

13년 장기근속이란 유일무이의 자랑거리를 은근 강조하며 복도 한 바퀴를 빙 둘러보고는 본부장은 이내 사장실로 사라졌다. 그리고 '퇴사 위로금' 제도는 재가 되어 날아갔다. 덕분에 난 4년 동안 성실하게 장기 납부를 하고도(?) 정작 받아야 할 시기에 땡전 한 푼 받지 못하고 퇴사했다.

꼭 이럴 때는 나부터 걸리지. 회사에 뭐라도 좀 받을 게 생기면 내 차례부터 이젠 없단다.

그동안 같이 일해온 직원에게 감사의 의미로 동료들이 전달하는 돈, 그 돈이 나가는 게 고까워 아예 없애버리다니. 강제 성실 납부와 미래의 불확실한 보장의 문제는 비단 국민연금에만 해당하는 게 아니었던 거다. 언젠가 못 받는 사람이 나올 거란 건 알았지만 그게 바로 나일 줄이야.

덕분에 그 회사를 나온 지 수년이 흘렀음에도 당시 지인들과 만나면 본부장의 뒷담화만큼은 늘 풍년이다. 파도 파도 샘물 같은 뒷담화는 마르지를 않으니 이대로라면 본부장은 죽지 않고 영생을 누릴 수 있겠다.

내가 절대 뒤끝 있는 타입이거나 그런 건 아냐.
이제 와서 뒷담화 말고는 할 게 딱히 없어서 그런 거지 시바.

정리해, 말아?

이걸··· 정리
해야 하나,
말아야 하나?

말어?
해?

말어?
해?

고민되는 건, 그냥 정리해 버릴지 말지

음… 그러면, 일단 회사부터 갖다 버려야겠다,

4부

나의 최선은 지금의 나야

풍파

나는 나로 자랐다

나에게 아빠는 무서운 사람이었다.

아빠의 부리부리하던 눈이 지금도 생각난다. 친구들과 술 먹고 어울리는 걸 좋아하던 아빠는 낮이고 밤이고 친구들 집 대문을 두들겨 단잠을 깨웠다. 덕분에 '낮도깨비'라는 별명이 이름처럼 쓰이곤 했다.

당시 다른 아빠들처럼, 우리 아빠도 딸과 아내에게는 말이 없었다. 속도위반으로 조금 이르게 얻은 외동딸이라 그런지, 아빠는 나에게 큰 기대를 했고, 그 부푼 희망을 어린 나도 느낄 수 있었다. 그렇게 아빠와 나의 고생이 시작되었다.

학기가 끝날 때면 장려상 혹은 입선 상장 하나라도 집에 들고 와야 했다. 집에 오면 예쁜 종아리와 탄탄한 배를 만들기 위해 줄넘기와 팔굽혀펴기 할당량을 채웠다. 물론, 저녁밥은 적당하게 먹고. 왜, 갓난아기 때 발을 주물러주면 발이 예뻐지고, 코뼈를 만지면 코가 높아지고, 다리를 마사지하면 휘지 않고 곧게 큰다는 어른들의 낭설이 있지 않은가. 아빠는 그 말들을 엄청 믿고 있었다.

초등학교 3학년 때의 일이다. 1학기가 끝나면 학교에서는 매년 경시대회를 열었는데 과목은 수학, 한자, 영어였다. 이중에 한 과목이라도 장려상 정도는 타야 혼나지 않았다. 어떻게 됐을까? 맞다, 세 과목 모두 탈락했다.

집에 가면 죽었다, 끝이다 끝. 망했다는 생각에 오도카니 앉아 있었는데 선생님이 내 이름을 불렀다. 상장 타이틀은 바로 '독서왕'. '학기 동안 반에서 책을 가장 많이 읽은 이 어린이는 교내 타의 모범이 되어 위와 같이 표장을 수여합니다.' 그날은 집에 돌아가서 기죽지 않고 저녁을 먹을 수 있었다.

수학 교과서에 낙서한 개수만큼 매를 맞은 적도 있고, 장래 희망에 '꽃집을 가꾸는 미녀 아가씨'라고 적었다가 일주일간 아빠와 말도 섞지 못한 적도 있었다.

평범해서 미안하다고 가끔 생각한다. 아빠는 나를 비범한 인물로 만들고 싶었을 텐데. 나의 최선은 '독서왕'이었다.

나는 나로 자랐다.
고집스럽게도 나로 자랐다.
수많은 난관 속에서도 난, 결국 나일 수밖에 없었다.

아픈 건 아프다

무심결에 떨어뜨린 휴대전화를 받아낸 이마,
방 문턱에 접질리는 새끼발가락,
얇은 종이에 따갑게 베인 손가락.

별거 아닌 일에도 다치는 게 일상이지만
우스워 보여도 아픈 건 아프다 시바.

그것도 하나하나 다.

밤은 깊어가는데

밤이 깊어질수록 주위는 참 조용해진다.

적막이 더해질수록 주위 소음은 커지고
평소에는 있는지도 몰랐던 시계의 초침 소리,
냉장고 돌아가는 소리,
수도에서 떨어지는 물소리만
메아리처럼 점점 크게 들려온다.

이 불면증은 낮에 마신 커피 때문일까?
하루 일과를 마치고 야식에 한잔 곁들인 맥주 때문일까?
한여름 밤,
꿈쩍도 안 하는 진득하고 무더운 공기 탓일 수도 있겠다.

한 가지 확실한 건,
오늘 밤도 잠은 다 잤다 시바.

발꼬순내 난다 시바

스멀스멀 올라오는 발꼬순내.
절대 향긋하진 않은데 자꾸 맡아보게 된다.

그것은 마치 배꼽의 때와 같고,
3일은 안 감은 정수리의 머릿내 같다.

요즘 우울한 사람 있으면, 손!
특별히 맡게 해줄게.

딱 아홉 살이었을 때의 일이다. 주인집 아주머니는 나를 좀 예뻐하셨다. 평소 아빠에게 스파르타식 예절 훈련을 받은 나는 뿔뿔 동네방네를 쏘다니며 모두에게 인사를 하고 다녔다. 여기서 '모두'는 동네 곳곳, 집집마다 계시는 어른들 '모두'였다.

매일매일 인사를 거르지 않는 셋방집 꼬맹이가 귀여우셨는지 주인집 아주머니는 집 앞마당을 지나갈 때마다 딸기 요거트 하나씩을 손에 쥐어주셨다.

그 딸기 요거트는 정말 '인생 요거트'였다. 연분홍색 요거트를 떠먹을 때마다 보이던 딸기의 검붉은 실루엣에 가슴이 막 두근두근. 분홍색 숟가락으로 크게 떠서 입에 넣고 천천히 야물대다 보면 세상 제일로 행복했다.

두세 번의 경험으로 요거트에 맛이 들린 나. 점점 일이 없어도 주인집 아주머니 마당을 기웃거렸다. 아주머니가 키우던 장미 덩굴에 걸린 거미줄을 나무젓가락으로 치우기도 하고, 계단 난간에 쌓인 먼지를 닦는 척도 했다. 그냥, 먹고 싶었다. 딸기 요거트가.

그런 내 마음을 눈치채신 걸까? 마당에서 알짱대고 있으면 아주머니는 웃으며 요거트를 들고 나와 손에 쥐어주셨다. 그러다 어떻게 된 일인지는 몰라도 아빠가 알아차렸다. 주인집 앞마당에 자주 출입하는 것과 그게 아주머니가 주시는 간식 때문인 것까지 전부 다.

그날 저녁 반찬은 내 눈물과 콧물이었다.
그날 밤은 서럽다 못해 배신감이 몰려왔다.

못된 아줌마, 나쁜 아줌마. 딸기 요거트를 먼저 준 건 아줌마이지 내가 아니다. 난 훔치지도 떼쓰지도 않았다. 난 그 집 화분에 거미줄도 떼어줬는데! 아빠도 이해할 수 없었다. 언제는 어른이 주는 건 군말하지 않고 '감사합니다' 하고 받는 거라더니. 이제는 주인아주머니 댁에서 돌멩이 하나라도 받아오면 그날은 각오하라고 한다.

'어른들은 앞뒤가 달라서 믿을 수 없어.'

그날은 눈물로 베개를 적셨다.

요즘도 종종 요거트를 먹다 보면 그날이 생각난다.
딸기 요거트와 거미줄과 아빠가.

넌 왜 살아

"야, 넌 왜 살아?"

고등학교 1학년 때의 일이다. 같은 학급의 소위 좀 논다는 여자애가 연습장에 아이돌을 그리던 내게 했던 말이다.

왜 사냐고? 왜냐고? 좀 멍해져서 그 애를 쳐다봤던 것 같다. 멀뚱멀뚱 둘이서 쳐다만 보고 있자 옆에서 보고 있던 그 애 친구가 나무라듯 말했다.

"야. 그런 말 하는 거 아냐, 하지 마."

그렇게, 버퍼링에 걸린 나를 두고 그들은 체육복을 갈아입겠다며 자리를 떠났다. 벌써 10년도 넘은 일이다. 그런데 때때로 갑작스레 터지는 플래시처럼 그 순간이 재생되듯 떠오른다. 지금까지도 그때를 기억하는 건 왜일까.

수업시간 내내 생각해보았다. 이불 속에서도 생각해봤고, 등교하면서도 생각해봤고, 하교 후 떡볶이를 먹으면서도 생각해봤지만 그럴듯한 답이 생각나지 않았다. 답은 찾지 못했지만 떡볶이는 맛있었다. 그 애가 그때 보았던 내 '삶' 이란 왜 사는지 도통 모르겠는 '답 없는 인생' 같은 것이었을까.

일부러 비교하며 생각해본 적은 없었지만 질문을 받고 나니 그 애와 내가 비교가 되기 시작했다. 그 애는 나보다 더 예쁘고, 나보다 더 운동신경도 좋았고, 잘생긴 학교 선배와 연애도 하고 있었다. 나라도 걔였다면 좀 우쭐했을지도.

그런데, 그래서, 그게 뭐. 뭐가 어쨌다는 걸까.
사는 데 있어 "왜?"가 왜 필요한 건지. 장점이라면 누구나 있다. 아마 나도 있을 거다. 아니 없으면 또 뭐가 어때서.

걔보다 만화책 보는 속도는 내가 더 빨랐다. 비록 남자친구는 없지만 꽃 같은 미남은 내가 잘 그렸다. 걔보다 내가 더 복스럽게 밥도 잘 먹는다. 찾아보면 장점은 더 있겠지만 일단 지금 생각나는 건 이 정도다.

애초에 사는 데 무슨 이유가 필요한지.
그냥 사니까 사는 거지. 그래도 굳이 이유가 필요하다면……

아직 미완결인 히어로물 시리즈를 끝까지 보고 싶다든가,
돈 벌어서 소고기를 사 먹을 생각으로 살아도 되지 않을까.
먼지 같은 일이라도 내가 즐거우면 된 거 아닐까.
그러니까 살고 싶은 대로 살자 시바.

"죽는 것도 큰 복이야, 꿀잠을 자는 것만큼 좋은 일이지."

아빠가 버릇처럼 하시던 대사였다.
아빠는 늘 일터에 냉장고 자석마냥 붙어 계셨다. 주택 골목
근처 도로에 위치한 1층의 작은 인테리어 사무실. 아빠와
난 그곳에서 가장 오랜 시간을 보냈다.

학교가 끝나면 아빠의 부름에 쪼르르 달려가 사무실에서
숙제를 하거나 책을 읽었다. 공부는 별로 안 좋아했지만 책
은 좋아했다. 마침 그날 본 책에는 사람의 수명에 대해 적
혀 있었다. 요즘은 100세 시대라고들 하지만, 그 책에서는
사람 수명을 약 60~90세 정도라고 했다. 긴 시간인지 짧은
시간인지 참 애매했다. 그래도 말이나 토끼, 개보다는 오래
살아서 다행이었고 거북이나 수염고래 같은 애들의 긴 수
명은 좀 질투가 났다. 사람의 '수명'에 제한이 있다는 게 새
삼스레 조금 무섭기도 했다.

"아빠. 사람은 누구나 죽어요?"
"그럼, 수명을 다하면 죽지."
"저는 죽고 싶지 않은데요?"

"아빠만큼 살다 보면 꼭 그렇지도 않을걸. 밤새 놀다 보면 피곤하지 않니? 잠이 막 쏟아지고 엄청 자고 싶잖아? 죽음도 그런 거야, 쉴 때가 오는 것뿐이야."

"그래도 다신 깨어나지 못하는 거잖아요. 전 죽는 게 무서워요."

"언젠가는 이 모든 게 다 복이란 걸 알게 될 날이 올 거야. 세상에 꼭 나쁘기만 한 건 없어."

그때의 난 아빠의 말이 이해가 되지 않았다.

개똥밭에 굴러도 이승이 낫다는데, 세상에 사는 것보다 중요한 게 어디 있을까. 거북이나 수염고래보다 오래 살 수 있다면 난 그러고 싶었다. 오래오래 살아서 모든 걸 보고 모든 걸 알고 싶었다. 타임머신도 타보고, 달나라도 가보고, 열기구도 타야 하고, 디즈니랜드도 가야 하고, 엄마아빠 호강도 시켜드리고, 부자가 되어 꽃미남 로봇도 여럿 부려먹어야지.

세상에는 할 게 너무 많아.
상상만 해도 설레는 일이 이리도 많은데
아빠 왜 '죽음'도 복이라고 하실까?

궁금한 게 정말 많았지만 때마침 들이닥친 손님들 때문에 더는 물어볼 수가 없었다.

사람은 누구나 죽는다. 나도 죽고 엄마도 아빠도 죽는다.
정확히 약속된 마감 시간 같은 건 없다.
그냥 살다 가는 것. 너무나 덧없지만 예외는 없다.
열 살의 나이에도 또렷이 느꼈다.
내가 어찌할 수 있는 상대가 아님을.

아빠의 말에도 불구하고 난 죽음을 복이라고 생각할 수 없었다. 하지만 끝
이 있기에 삶이 더욱 '빛나고 아름다운 것'이란 말은 가슴에 남았다.

개똥밭을 굴러도 이승이 낫다는 말이 정말이면,
기왕이면 행복한 개똥벌레가 되어야 하지 않을까?

사는 동안 나도, 너도 행복했으면 좋겠다.
일생 내내 행복하기가 힘들다면
일단 오늘부터라도.

별이 빛나는 밤에

별무리가 눈으로 쏟아질 것 같아.

가끔 그날 밤이 생각나.

시골의 서늘한 여름밤.

외할머니 댁 마당에서 장작을 지펴 고구마를 구워 먹고,

아빠와 나는 옥상에 올라가 밤하늘의 별을 봤어.

그토록 많은 별을 본 건 생애 처음이었지.

금방이라도 쏟아져 내릴 것 같은 별 무리가 무서울 정도였어.

"무서워하지 마라. 아빠는 나중에 저 별이 될 거야.

네가 어떻게 살아가는지 아빠가 늘 지켜봐줄게."

그날 밤, 아빠는 내게 말했어.

바람은 선선하고, 별이 빛나던 그 밤.

꽤 오래전 일인데 이 장면만큼은 어제보다 선명해.

어느새 난 그때의 아빠만큼 나이를 먹었어.

아빠, 지금은 별이 되었을까.

"시바 씨는 들어보면 목소리에 물기가 있어요, 눈물 많죠?"

다 같이 탕비실에 둘러앉아 편의점 샐러드를 나누어 먹는데 맞은편 동료가 말했다.

"아. 그게 딱 티가 나나요?"
"그럼요. 글씨체에도 성격이 있는데 목소리는 더하죠."

그러자 다른 동료들도 고개를 끄덕이며 말을 더해갔다.

"어! 진짜 좀 그런 것 같아요, 맘이 여려 보여요."
"길 다닐 때 도를 아십니까 많이 만나죠? 막 붙잡힐 것 같아."

어느 순간 대화 주제가 나로 옮겨와 쑥스러움에 얼굴이 벌게져 얼버무리듯 대답했다.

"그 정돈 아닌데…… 그래도 어릴 때보단 눈물이 많이 줄었어요."

어릴 때 「문어의 모정」이라는 다큐를 본 적이 있다. 문어는 80일 동안 먹지도 쉬지도 못하고 알을 돌보는데, 그 과정이 뭐 하나 쉽지 않았다. 문어의 알이야말로 바다에서 소문난 '물고기 밥'이기 때문이었다. 잠시라도 한눈을 팔면 물고기들의 입으로 알이 쏙쏙 들어간다. 때문에 문어는 부화가 될 때까지 한시도 자리를 비워서는 안 된다. 장면 하나하나가 다 고되어 보였지만 그중 가장 드라마틱했던 장면은 아기 문어들이 알에서 깨어날 때였다.

엄마 문어에겐 애타게 기다려온 탄생의 순간이지만 포식자들에겐 만찬의 시간이기도 했다. 갓 부화해 수면을 향해 죽기 살기로 헤엄치는 새끼들. 기진맥진한 상태로 새끼들을 밀어 올리는 엄마 문어. 주변에서 배회하다 보이는 족족 새끼를 먹어치우는 포식자들. 마치 전쟁을 방불케 하는 장면이었다.

이쯤에서 다큐에서는 잔잔하고 슬픈 클래식 음악이 흘렀고, 난 결국 참지 못하고 이불 속에서 엉엉 울었다. 제작진이 촬영한 세 마리의 문어는 모두 이 과정을 버티지 못했다. 그리고 엄마 문어의 몸은 아기 문어들의 양분이 되어 사라졌다. 난 이런 방송을 보면 눈물부터 주룩주룩 흘렸다. 공감을 잘하고 감수성이 있다고 해도 아무 때고 터지는 눈물은 좀처럼 제어가 되지 않았다. 서럽거나 맘에 부치는 일이 있을 때면 때와 장소를 가리지 못했다.

회의실에서 공개적으로 깨지거나 팀장님께 내가 한 일이 아닌 걸로 혼나면 어느새 눈가가 뜨끈해지고 시야에 눈물이 어룽거렸다.

난 내가 꼭 유리잔 같다고 생각했다. 작은 충격에도 소리를 지르고 탁 깨져버리는 유리잔. 사소한 것에도 이리저리 치이는 유리잔. 밥 벌어 먹고사는 데 하등 쓸모가 없고, 경쟁하고 쟁취해야 하는 사회생활에도 도움이 안 된다.
플라스틱처럼 무디면 얼마나 좋을까.
어떤 충격이든 가볍게 퉁- 튕겨낼 수 있는 플라스틱.
어서 감정이 점점 무뎌지기를 기다리며 그렇게 10대와 20대를 보냈다.

이제는 어엿한 30대. 조금 줄었다, 눈물이. 전체적으로 둔해졌는지 덜 운다. 무라카미 하루키의 말을 빌리자면, '나이를 먹어감에 따라 발생하는 상처받는 능력의 감퇴'인 것 같다. 플라스틱까진 아니어도 조금씩 변해간다. 부끄러움을 타는 것도, 낯가리는 것도, 갑자기 부르면 깜짝 놀라는 일도 줄어드는 것 같다.

아직 많이 울고 있다면, 너도 언젠가는 변할 거라고 말해주고 싶다.
그때를 위해 지금 많이 감동받았으면 좋겠다.

백수가 된 기념으로 다짐한 게 있다.
날 오랫동안 괴롭혀왔던 물욕을 버리는 것.
나름 이런저런 시도를 해봤는데,

1. 미니멀라이프 관련 책 읽기.
2. 평소 쓰지 않던 물건과 옷 정리하기.
3. 쇼핑몰 사이트를 일부러 찾아 들어가지 않기.
4. 장바구니에 넣은 물건은 3일간 숙고하기.

세 달 정도 노력해보고 알았다.
몇 달이 지나도 사고 싶은 물건이 분명 존재하고,
필요하지 않아도 몇 년이고 쟁여두는 물건도 있다는 걸.

나는 필요에 의해 움직이는 인간이 아니었다.
누군가 말했듯 '예쁜 쓰레기는 예쁨으로서 가치를 다한다'.

그래, 개가 똥을 끊지!
물욕은 못 버리겠다, 시바.

잠든 거 절대 아냐

시바 잔 거 아니다,

무슨 일을 할지 생각 중이었어...

일좀해라...

시바!

오히려 멍 때릴 때
더 집중력이 오른다길래
일부러 그래봤어.
잠든 거 진짜 아냐. 진짜야.

휴대전화 캘린더를 몇 번이고 들여다본다.
반복해서 보고 또 본다.
마감으로 초조해진 마음에
몇 시인지, 며칠인지
몇 번이나 확인했음에도 자꾸 시선이 달력에 꽂힌다.

시간이 흐르는 게 이렇게 긴장되는 일이었다니.
그래, 마감 걱정을 할 수 있다는 것도 복이란 거 안다.
내일도, 다음 주도, 다음 달도,
그리고 내년에도.

있어도 걱정, 없어도 걱정이라면
일생 동안 마감 걱정을 하며 살고 싶다.

모든 일에는 반드시 끝이 있으니까.

기억하고 있다니

인대가 찢어져서

병원에 갔더니

환자분, 작년에도

밥상 떨궈서

엄지발가락에

금 가지않았나요.

의사가 나를

기억하고 있다시바.

30여 년의 인생 동안
삶을 관통하는 깨우침이란 건 얻지 못했지만
시바가 하나 느낀 거는 있어.
여전한 건 여전하다는 거.

10대를 지나, 20대를 보내고,
30대를 돌파하는 지금.
여전히 통장 번호를 외우지 못하고.
여전히 굴과 멍게를 먹지 못하고.
여전히 2호선 환승 구간에서 거꾸로 탄다.

비 올 때마다 깜박하는 바람에
사들인 우산이 회사에만 8개.
우산 없는 직원들에게
비 올 때마다 빛과 소금이 되고 있어.

여전한 건 여전하도록 내버려두려고.
몰랐는데, 가끔 그런 게 도움이 될 때도 있더라.

견생이거늘...

빈손으로 와서

빈손으로 가는 것이

빈손으로 와서

난 할 만큼 했다고 생각했는데 사실 한 게 없었어.
작가가 꿈이었지만 한 번도 공모전에 응모한 적도 없고,
회사 업무가 아니면 그림도 안 그렸어.
야근은 밥 먹듯이 하면서
시간을 내서 운동을 나간 적은 없었지.

열심히 산다고 생각했는데 그냥 일에 쫓기는 거였어.
놀지 않고 일만 묵묵히 하면
누군가 다 보상해줄 거라고 생각했어.
근데 중요한 건 그게 아니었지.

나를 위한 시간을 갖는 것.

이게 있고 없고는
정말 하늘과 땅 차이였다, 시바.

파도 위의 빛을 따라

타고난 주의산만으로 어릴 때는 잠 못 이루는 밤이 많았다. 할머니에게 듣기로는 잠버릇도 심하고 몽유병 증세도 있어, 새벽에 실수를 하거나 오도카니 잠든 채 앉아 있을 때도 있었다고 한다. 아빠, 엄마, 할머니 모두 크게 스트레스를 받았고, 매일 내가 제대로 잠들었는지 확인하는 게 일이었다.

고모네 집에 놀러간 어느 날. 평소처럼 잠 못 이루고 뒤척이며 꿈지럭대고 있었을 때, 고모가 말했다.

"지금 네가 바다에 있다고 생각해봐. 수면 아래 빛나는 햇살을 타고 천천히 헤엄을 치는 돌고래가 됐어. 학교도, 숙제도, 선생님도 거긴 없어. 파도 위의 빛을 따라 헤엄치다 보면 잠이 올 거야."

고모와 나는 돌고래가 되어 파도 위의 빛을 따라갔다. 그리고 하얗고 푹신한 바다에서 고래가 되어 잠들었다.

우린 잠들려고 노력하지 않았다, 그냥 헤엄을 쳤을 뿐. 그게 제일 좋은 방법이었다.

그 워킹이 아니라

하라는 일은 안하고
주말 내내 '워킹데드'만 봤다…

근데 끊을 수가 없어, 시바.

일은 원래 미루라고 있는 거다.

몰러, 걍 담에 하자~

작업은 안 하고 노는 거니..?

쌀의 일생

마트에서 쌀을 주문했다.
하얀 쌀이 그득 담긴 깨끗하고 예쁜 포장지에는
마치 '농부의 한마디' 같은 글이 적혀 있었다.

"우렁이 농법으로 정성스레 키우고,
쌀의 일생을 엄격하게 관리합니다."

쌀의 일생?
쌀의 일생이라니.
한 번도 생각해본 적 없어.

쌀은 한 해 동안
바람과 비와 하늘을 보았겠지.
봄과 여름, 가을을 지나왔을 테고.
정말 일생이라고 해도 되겠구나.

이들의 일생을 먹고 있자니 새삼 고맙기만 하다.

관심받고 싶었다 시바

SNS에 처음으로 그림을 올렸던 날이 생각난다.

[2017년 12월 6일 좋아요 126개 댓글 4개]

신기해, 이게 진짜 되는 거구나.
얼굴도 모르는 사람들이 시간을 내서
나의 계정에 '좋아요'를 누르고 댓글을 써준다.

하루에도 몇 번씩 피드를 보고 또 봤다.
댓글에도 일일이 답변을 달았다, 좋아서.
댓글이 외국어일지라도 내 열정은 막을 수 없다.
구글 번역기에 넣고 돌리면 다 알아서 해주니까.

한 명 한 명이 너무 예쁘고 고맙고 사랑스러웠다.
그 사람들은 알까,
내가 끈적한 눈으로 댓글을 달고 계정에 들어가
아이디를 외우며 사랑의 스토킹을 했다는 것을.

그래. 매일 올리진 못해도 꾸준히 해보자.

이틀이나 3일에 한 번, 일주일에 한 번씩이라도.
그렇게 마음을 먹고 천천히 실행에 옮기기 시작하자
조금씩 조금씩 조회 수와 좋아요, 댓글이 붙기 시작했다.

맞다. 난 관심받고 싶었다.
아침엔 조회 수와 새로운 댓글 반응을 보며 좋아하고
저녁엔 '또 뭘 올려야 하나' 고민하며 잠을 설쳤다.

그러나 세상에 영원한 것은 없다.
천천히 뭔가가 변하는 걸 느꼈다.
그중에서도 제일 많이 변한 건 '영원할 것 같던 내 마음'이었다.

얼마나 많은 이들에게 노출되는지.
얼마나 많은 이들이 프로필을 접속하는지.
얼마나 많은 이들이 좋아요를 누르는지.
얼마나 많은 이들이 댓글을 적는지.
얼마나 많은 이들이 팔로우를 하는지.
일일이 돌아다니며 정보를 수집하지 않았다.
비즈니스 계정으로 돌리고 많은 정보를 간편하게 얻었다.
난 점점 숫자를 들여다보기 시작했다.

그림을 올린 다음 날이면 SNS에 접속해 '체크'를 했다.
저번보다 '좋아요'가 더 많이 달렸는지.
저번보다 '댓글' 수가 더 높아졌는지.
저번보다 '팔로우' 수가 더 늘었는지.

더 잘하고 싶고 더 사랑받고 싶은 마음은 진짜였다.
잘해보기 위해 스스로를 객관적으로 보고 싶었고
사랑받기 위해 다른 이들의 반응을 예민하게 살폈다.
하지만 결국 내가 한 것은 '숫자 체크'였을 뿐.

'다음에는 꼭 더 많은 숫자를 받아야지. 할 수 있어!'

거듭 다짐해봤지만 마음이 물에 젖은 솜이불처럼
자꾸 아래로 무겁게 가라앉았다.
그때 난 알지 못했다. 내가 변하고 있다는 것을.
취미로 시작한 SNS는 언젠가부터 '잘해야 하는 일'이 되었고,
그림을 올릴 때마다 느끼던 설렘은 어느새 부담감으로 바뀌었다.

남들은 오랫동안 변하지 않길 바라면서
난 누구보다 빠르게 초심을 잃어버렸다.

잘하기보단 재밌게 하고 싶었다.
비교하기보단 내게 집중하고 싶었다.
근데 정확히 반대로 행동하고 있었던 거다.
회사를 그만둘 때 다 내려놨다고 생각했던 욕심은
내 어깨에 딱 붙어 있었다.
매일매일 경쟁의 추를 매달고 남들과 나를 저울질하면서.
이런 속물적인 마음을 깨닫자 급 우울감이 밀려와
책상에 팔짱을 낀 채 고개를 푹 숙였다.
그때 유튜브에서 흘러나오는 노랫말이 들렸다.

내 자신에게 말해

쓸데없는 생각 그만하고 / 하기나 해

그냥 하기나 해

뭐든지 걱정만 많으면 / 잘 될 것도 되다가 안 되니까

그냥 그냥 하기나 해

　　　　　　　　　-그레이, 「하기나 해」 중에서

그래, 그냥 하면 되는 건데.
하기나 해야겠다, 이제부터는.

적당히 적당히

적당히… 열 개만 먹자 시바.

살찌는 건 싫으니까,

산 사람과 옆집 사람

산에서는 오고 가는 길목에서 사람과 마주치면
눈으로 가벼운 인사를 나눈다.
마치 '너와 만나서 좋다, 조심해서 다녀가' 하는 느낌.

첫인사를 받았을 땐 뒤를 돌아보았다.
나에게 인사한다고는 생각하지 못했으니까.
모르는 사람과의 인사는 약간 부끄러웠지만 싫지 않았다.

그리고 곧 옆집에 사는 사람과는
3년째 인사한 적이 없다는 생각이 떠올랐다.

집 근처에 저수지도, 산도, 공사장도 없는데,
모기는 여름 내내 하루도 빠지지 않고
우리 집으로 출근했다.

물려서 가려운 건 괜찮지만 귀에서 앵앵대며
선잠을 깨울 때는 정말 분노가 올라왔다.

"시바, 모기 새끼들 다 죽었어!"

벌떡 일어나 덥석 불을 켜보니 침대 머리맡에
사이좋게 여섯 마리가 붙어 있었다.

······나,
모기들 사이에 동네 맛집으로 소문난 건가?

집주인이 전셋값을 올린대.

혹시나 했는데 역시나.

혹시나 했는데 역시나

귀를 의심했다

집주인 아저씨가 뜬금없이,

이사갈 동네를 물어봤다.

아가씨.

어디로 이사간다고?

작업이 잘되지 않아 약간 불행했던 어느 날,
마침 행복에 관한 다큐 동영상을 보았다.

친구가 행복하면 내가 행복할 확률이 15퍼센트 증가한다.
친구의 친구가 행복하면 내가 행복할 확률이 10퍼센트 증가한다.
친구의 친구의 친구가 행복하면 내가 행복할 확률이 6퍼센트 증가한다.
친구의 친구의 친구의 친구가 행복한 것은 내게 영향이 없다.

행복은 불행과 마찬가지로 전염된다.
불행한 사람은 불행한 사람들 곁에,
행복한 사람은 행복한 사람들 곁에.

그렇다면 아무래도 지금은
나의 친구의 친구의 친구의 친구가 행복한 모양이다.

좋겠다 시바, 행복해서.

오늘도 백수답게 침대에 드러누워 있다가 모르는 전화를 받았다.

"여보세요?"

"네, 여기는 노원 경찰지구 강력1반 오소리 팀장입니다. 현재 시바 씨의 서명으로 대포통장이 개설되어 불법 자금 유통처로 쓰이고 있다는 제보가 들어왔습니다. 몇 가지 정보를 확인하기 위해 연락드렸으니 신속 정확한 협조를 부탁합니다."

응? 대포통장? 협조? 이게 다 무슨 소리지.

"통장이요?"

"즉시 조치를 취하지 않으시면 시바 씨 역시 금융사기 공모자로 함께 처벌되실 수도 있습니다. 그러니 똑바로 대답해주십시오. 해당 은행의 통장 개수, 예금주 성명, 예금 이력을 확인 후 대조하도록 하겠습니다. 현재 주거래 통장 계좌번호는 어떻게 되시죠?"

뭐지, 이거. 보이스 피싱인가?

"저, 경찰 측에서 직접 피해자의 금융 정보를 물어보기도 하나요? 좀 이상한 거 같은데요. 이거…… 피싱이죠?"

나도 웃기는 질문이라고 생각한다. 보이스 피싱으로 의심되는 사람에게 피싱이냐고 묻다니.

"어떻게 알았어요? 이거 피싱 맞아요."

이런 답을 기대했었나. 똑똑한 척도 해본 사람이 하는 거다.

"장난하지 마시고요 시바 씨, 지금 가벼운 상황이 아닙니다. 바로 영장 발부해서 댁에서 직접 연행하도록 할까요? 조서 작성하시려면 반나절은 서에 있으셔야 할 텐데요. 서로 오고 싶으세요?"

뭐지, 이거 진짠가? 보통 피싱은 중국인이나 조선족이 대다수라는데 말투가 너무 자연스럽다. 그리고 이 급박하고 화난 공권력의 말투는 정말 경찰인…… 건가?

"아…… 죄송합니다. 너무 경황이 없어서. 어떤 걸 말씀드리면 될까요?"
"현재 개설된 통장 개수와 예금은행, 계좌번호와 금액을 말씀해주시면 됩니다. 해당 내용은 조서로 기록되며 녹음됨을 알려드립니다."

"네. 저 퇴직금 은행이 하나 있어요."

"어디 은행이시죠?"

"하나은행인데, 퇴직금을 받고 바로 인출해서 잔액은 없습니다."

"다른 은행은 없으신가요?"

"있는데 거기도 예금은 거의 없어요."

그리고 잠깐의 침묵.

"예금 총액이 얼마나 되시죠?"

이번에는 내가 침묵했다. 아냐, 역시 아닌 거 같아. 뭔가 위험해!

"저. 죄송하지만 너무 사적인 정보라 역시 전화상으로는 말씀드리기 힘들
것 같아요. 정말 말씀드릴 수가 없어요. 죄송해요."

"시바 씨. 아까도 말씀드렸지만 수사에 적극 협조하지 않으시면 서로 오셔
야 합니다. 진짜 조사받고 싶으세요?"

가슴이 쿵쿵 뛰기 시작했다. 침대에 누워 텔레비전이나 보던 내가 어쩌다
이런 대화를 하게 된 거야. 게다가 평생 경찰서 그림자도 밟아보지 못했던

내가 조사를 받는다니.

피싱이라면…… 아니 피싱이 아니어도 문제인가……?

"네. 서에서 직접 조사받겠습니다."

"정말입니까?"

"네."

다시 침묵. 그리고 형사는 내게 한마디를 남기고 전화를 끊었다.

"정신 똑바로 차리고 살아, XX아."

뚜둑.

곧 머리가 하얘지더니 싸– 했다가, 멍– 했다가, 화끈거렸다.

와, 시바. 진짜 정신 똑바로 차리고 살아야겠다.

주인님, 어디 계세요?

현실은 백수에 가까운 무명작가이지만
종종 비즈니스 관련 미팅을 하기도 한다.
어제도 그런 날 중 하나였는데,
작가들 특유의 게으름을 배려해주시는 건지
집 근처 카페에서 업무 관계자를 만날 수 있었다.
참 인상 좋은 아저씨(따로 뭐라 지칭해야 좋을지 모르겠다)가
카페 문을 열고 들어와 서로 반갑게 인사를 나누었다.
그런데 이분, 좀 묘했다.

"아이고, 만나서 반갑습니다. 작가님의 '주인님 있어요?'
평소에 잘 보고 있습니다."

"네? 네에······."

"강아지가 꽤 귀엽더라고요. 이걸 상품화하면 반응이 올
거라고 봐요. '주인 어디예요' 같은 경우엔 뭐 메시지도
좋고······."

"저······『주인님, 어디 계세요?』말씀이신가요?"

"아, 네, 하하하! 그거요, 그거. 물론 캐릭터 상품 가치 쪽
은 지금 하고 계시는 게 더 낫긴 하지만요. 하하! 그런데
'주인, 여기예요' 판매부수는 좀 괜찮던가요? 어때요?"

그 뒤로 2시간 내내 아저씨는 창의적인 제목을 계속해서 만들었다.
주인 어디세요?, 여기예요 주인님, 주인 계세요? 등등.
아저씨의 사업 브리핑도 계속되었다.
이게 얼마나 돈이 될 사업인지. 자산의 회사 규모는 또 얼마나 큰지.
자신이 얼마나 업계의 전설 같은 사람인지.
자신이 한눈에 자질을 알아본 내가 얼마나 선택받은 것인지 등등.

일곱 빛깔 꿈과 희망의 무지개 같은 이야기를 들으며
난 소리치듯 속으로 말했다.

'『주인님, 어디 계세요?』가 맞아요, 아저씨.
제발 짝퉁 제목으로 지어 부르지 마세요.'

정말로 아저씨에게 바란 건 단지 그것뿐이었다.

너의 전과는

니가 진돗개건 시바건

상관없어

시바, 남는 건 개싸움뿐이다.

프리랜서는 온순하고 착하다고 생각하는 걸까.

아니, 너 하나쯤은 해볼 만하다고 생각하는 걸까.

작가 생활을 시작하면서 하루가 멀다 하고 저작권 침해 및 무단도용 사건들이 끊이지 않았다.

크고 작은 업체들은 내 그림으로 휴대전화 케이스, 향초 패키지, 발매트 등을 만들어 팔았다. 이마트, 코즈니, 텐바이텐, 쿠팡 등등에서도 시바의 상품이 깔렸지만 거기에 난 없었다.

자기 것처럼 사용하고 실제로 자신의 것이라고 내게 말했다.

오히려 내가 저작권을 침해했지만 특별히 봐주겠다고 말하는 업체도 있었고, 대부분은 그마저도 답변 없이 깜깜무소식으로 지속적인 침해를 하는 경우도 허다했다.

세상에, 도둑질을 해놓고 도둑이 나를 용서해주겠다니.

이게 프리랜서의 현실이라니.

회사를 다닐 때는 너무 당연했던 저작권 보호가 당연하지 않았고, 1년간 변호사 대행과 수임료에 들어간 돈은 수백에 달했다. 그 와중에도 나는 상대 측에게 "합의금 장사로 돈 벌고 싶어 하는 작가"라는 비아냥까지 들어야 했다. 자고 있는데 허락 없이 들어와서 집에 있는 물건을 태연하게 가져가더니, 심지어 훔친 물건으로 수익을 많이 못 냈다고 내게 볼멘소리를 하는 사람들.

진술을 하러 경찰서를 가며 나는 다짐했다.

그래, 나에게 사과도 배상도 아무것도 줄 게 없다면
너에게 난 전과를 안겨주고 싶다.

너의 전과는 나의 노력의 산물이다.
사는 내내 꼭 기억해줘.

처음 백수 생활이 시작됐을 당시에는 매사에 썩 당당하지 못했다. 텔레비전 소리도 작디작게, 방바닥도 살금살금, 재밌는 얘기가 생각나 웃음이 비죽 나와도 조용히 웃으려 했고, 식료품이 떨어져 장을 보러 나가도 늘 오후 6시 이후에 움직였다.

이 집에, 다 큰 여자가 백수로 허송세월을 보내고 있다는 걸 누가 알기라도 할까봐, 공공연히 동네 수군거림의 대상이 되지는 않을까. 지나가는 할머니나 아줌마들도 사실은 속으로 혀를 끌끌 차지 않을까. 어쩌면 이미 이 동네 알아주는 백수인 것은 아닌지……. 밖에 나설 때마다 터무니없는 망상에 빠져 괜히 지나가는 아줌마를 흘긋거리기도 했다. 나치를 피해 몰래 빈집에 숨어 살던 안네처럼 나는 죄를 지은 것도 아니면서 스스로를 쉬쉬했다. 아픈 곳 하나 없이 사지 멀쩡하고 젊은 내가 백수인 게 썩 자랑스럽지 않았다.

넘쳐나는 시간이 부끄러웠다. 일어나면 아침 11시라는 게 부끄러웠다. 주제에 또 봄 탄다며 새 옷을 사러 쇼핑몰을 기웃대는 게 부끄러웠다. 낮에 탄 마을버스 안에 나만 젊다

이 구역의 백수는 나야

212

는 것이 부끄러웠다. 모든 걸 가리고 싶었다.

지인들도 만나고 싶지 않았다. 만나면 '뭐 하고 지내냐'고 물어볼 것이고 나는 웃으며 회사를 다닌다고 하겠지. 지인들을 믿지 못하는 게 아니었다. 거짓말을 할 바에야 만나지 않는 편이 나았다. 어서 취직을 해서 21세기 『안네의 일기』를 청산해야지.

……그렇게 여러 날 잠 못 이루기도 했던 것도 잠시, 시간이 흐르며 나는 백수에 익숙해졌고 문득 이런 생각까지 들었다.

그래 시바, 기왕 백수가 된 거 즐겨보자.
봄이 오면 건너편 옥상에 진달래가 피는 걸 보고,
여름이 오면 하얀 햇살이 안방 책상까지 드리워지는 걸 보고,
가을이 오면 은행 냄새를 창가 근처 침대에서 맡아보자.
겨울이 오면, 제주 녹차를 마시며 창가에서 흰 눈이 내리는 걸 구경해야지.

나는 백수가 맞다.
그렇지만 아직 하고 싶고 바라는 게 있는 백수다.
그 차이는 크다고 믿고 싶다.

역시, 볕 좋은 날엔

집 구석만 한 데가 없다 시바.

쨱
쨱

쨱
쨱

우리 집의 비밀

이 집에 산 지도 4년이 되어간다. 꽤 오랫동안 서로 알고 지냈으니 우리 사이에 비밀 같은 건 없다고 생각했는데. 꼭지를 꽉 잠가도 매일 밤 쫄쫄 눈물을 흘리는 화장실 수도가 불쌍해서 시공기사 아저씨에게 도움을 청했다. 수도를 살피러 온 아저씨가 집 여기저기를 휘휘 둘러보더니, 우리 집 구석에 있는 청록색 통돌이를 가리키며 얘가 몇 살인지 아냐고 물었다.

'아저씨도 참, 저게 낡았다는 걸 설마 내가 모를까⋯⋯.'

누가 봐도 2018년에 쓸 만한 세탁기로는 안 보였으므로 새삼 그의 연식에 놀라지 않을 자신이 있었다. 그래도 아저씨를 위해 조금 오버해서 놀라는 척해드려야지.

"좀 낡긴 했죠. 한 8년⋯⋯ 아니 10년 되지 않았을까요?"

아저씨는 거 그럴 줄 알았다는 듯이 의기양양하게 대답했다.

"통돌이 이거. 25년 전에 나온 거예요. 부품도 싹 다 단종

됐고요. 수리나 청소를 하고 싶어도 못 해요, 이제 없어."

와. 스물다섯 살이란다. 우리 집 통돌이가.
그러니까 내가 초등학교 입학하기도 전에 만들어져서, 중학교, 고등학교, 대학교를 거쳐 다섯 군데의 회사를 다니고 집을 일곱 번 이사하고 또 다시 프리랜서 생활을 1년 넘게 하는 동안 통돌이는 여기 이 자리에서 묵묵히 빨래를 하고 있었다는 것이다.
그리고 마침내 이렇게 우리가 만난 거다.

그동안 거처간 통돌이의 주인은 몇 명이나 될까.
전셋집이니 2년 주기로 주인이 바뀌었다고 가정해볼 때 12~13명 정도일까. 어쩌면 그보다 더 많을 수도 있겠다.

한 회사에서 1년도 채 버티기 힘든 세상에, 통돌이는 제4차 산업혁명의 바람에도 불구하고 여기서 빨래를 하고 있다. 낡은 세탁기의 지난했을 과거를 상상해보니 어제와는 사뭇 달라 보였다.
괜히 한번 손으로 쓸며 말을 건넸다.

사는 동안 잘 지내, 아프지 말고.

의자게임

서울살이는 꼭 줄 서서 하는 의자게임 같다.

한참 줄을 서서 차례를 기다리고
마침내 의자에 앉은 다음
집으로 돌아오는 그런 게임.

줄 서서 밥을 먹고,
줄 서서 커피를 마시고,
줄 서서 버스와 지하철을 기다린다.
심지어 길거리 호떡을 먹을 때도 줄을 서야 한다니.

줄 서기가 끝나면 의자에 앉는다.
의자에 앉아 일을 하고,
의자에 앉아 영화를 보고,
의자에 앉아 머리를 한다.

가끔은 다른 방식으로 살고 싶어.
모두가 저마다의 자리에서 서울의 노을을 보는 것처럼.

난 눈을 감고 이따금 창밖을 그려본다.

큰고래가 하늘을 떠다니고
파도가 춤추며 도시 사이사이를 왕래하는 모습을.

도로 근처에 위치한 우리 집은 밤에도
창밖으로 하얀 빛과 소음이 새어 들어온다.

나를 잠 못 이루게 하는 주범이지만
어느 날은 눈을 찌르는 이 불빛이
등대가 아닐까 싶었다.

가로등 불빛은 검은 밤바다의 등대.
도로 위를 달리는 차 소리는 물결치는 파도 소리.

어렸을 적 고모의 말처럼,
다시 한 번 눈을 감고
아름다운 밤바다 위를 부유하는 고래가 되어본다.

그러자 거짓말처럼 이 모든 게 좋아졌다.

에필로그

길 그리고 길

4년 동안 다녔던 회사를 나와 구직과 프리랜서를 같이했던 시절.
역과 역 사이에 사고로 인해 정차해버린 열차처럼 난 멈춰 있었다.
아직 목표지점에 도착하지 못했는데 내리라고 하더니,
다음 역까지는 알아서 오라고 하는 그런 귀찮고 불안한 느낌.

선로를 이탈할 용기가 없었던 나는 언제나 기차를 기다렸다.
철길을 따라 걷다 보면 결국 다음 역이 나올 거라고 믿으면서.

걷다 보니 철로는 두 갈래, 세 갈래로 갈라졌다.
갈라진 길이 어디로 뻗어나가는지는 전혀 알 수 없었다.

길이란 건 어디에나 있었나 보다.
한 길만 찾다 보니 다른 길들이 보이지 않았을 뿐.
결국 모든 것에는 나름의 길이 있었다. 언제나.

어딜 선택하든 길은 앞으로 이어질 거다, 그게 길이니까.

우리 모두 그랬으면 좋겠다.
인생에서 길을 잃었다고 생각하지 않았으면.
도랑으로 빠져 자유롭게 걷는 재미를 느꼈으면.
그러다 다시 선로를 걷게 되더라도

행복했으면 좋겠다,
우리들 모두가.

2018년 10월
햄햄

시바의 사계절

처음 전주를 갔을 때는 은행잎이 수북한 늦가을이었다.
향교에 떡하니 자리 잡은 600년 묵은 은행나무 옆에 서보니
이미 한참 전에 다 큰 내가 다시 아이가 된 기분.

샛노랗게 물든 전주의 가을은 봤지만
봄꽃이 피는 전주는 아직 보지 못했다.
덕분에 봄의 전주가 또 설레는 거겠지.

똑같은 풍경이라도 계절마다 다르다는 거
어쩌면 선물 같은 일 같아.

시바의 봄

벌써 봄이라니,

시바 거짓말이지…

햇살이
부드러우니까,
자꾸 발라당하고 싶어.

쿨럭

애들아,

오늘 미세먼지 '최악'이래.

쓰고다녀…!! 마스크 꼭

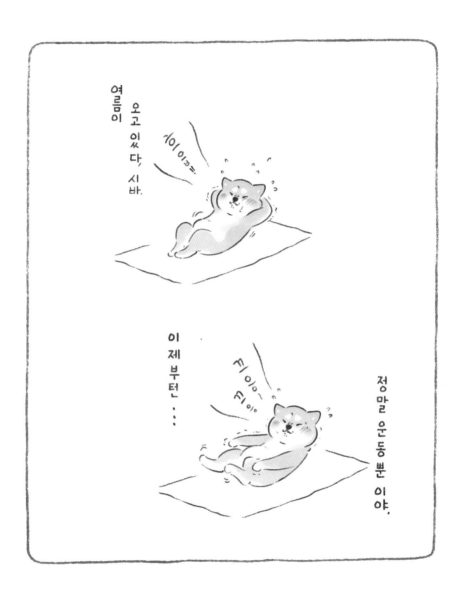

뜨신 목욕 후에 넘기는 맥주 한 잔,

크, 좋다 시바.

시
바
의
가
을

백수생활이
괜찮냐고?

아유, 훨 낫지 시바.

시바 가을룩 ◇완성◇

머플러 하나 쓱 걸쳐주면

썰렁하다 싶을 때,

◇짠!◇

너를 보면 처음처럼 늘 좋아.

때가 되면 매년 찾아오지만,

눈 한번 감았다 뜨니,
서른한 번째 크리스마스가 다가왔다.

거리마다 수놓인 색색의 전구,
흰 눈이 곱게 덮인 트리를 보면 들뜨는 기분.
그마저도 요즘엔 백화점과 마트 진열이 대부분이지만
어릴 때만큼은 아니어도 설렘을 느끼는 데는
돈을 지불할 필요가 없으니 좋다.

있지.
올 겨울, 어떨까.
너에게도 이번 겨울이 설렘이라면 좋겠다.